발자크와
바느질하는 중국소녀

Balzac et la Petite Tailleuse Chinoise

by DAI SIJIE

Copyright©Les Editions Gallimard, Paris, 2000
Korean Translation Copyright©Hyundaemunhak
Publishing Co., 2004
All rights reserved.

This Korean edition was published by arrangement with
Les Editions Gallimard(Paris)
through Bestun Korea Agency Co., Seoul

발자크와
바느질하는 중국 소녀

다이 시지에 장편소설

이원희 옮김

현대문학

모차르트는 언제나

마오 주석을 생각한다

쉰 살 먹은 촌장이 방 한복판, 흙을 파내고 만든
화로에서 활활 타오르는 석탄불 옆에 가부좌를 틀고
앉아 나의 바이올린을 검사하고 있었다. 뤄와 내가
마을 사람들의 눈앞에 내놓은 '도회지 청년'의 소지
품 중에서 바이올린은 그들의 의혹을 불러일으키기
에 충분한 생소한 맛, 문명의 냄새를 풍기는 유일한
물건이었다.

그 물건을 자세히 보려고 농부 하나가 남포를 가
까이 들이댔다. 마치 마약을 찾는 세관원처럼 촌장
은 바이올린을 수직으로 들고 그 몸체의 시커먼 구
멍을 들여다보았다. 나는 그의 왼쪽 눈에서 하나는
크고 둘은 작은, 하나같이 새빨간 핏멍울 세 개를 보

왔다.

촌장은 바이올린을 눈높이로 들더니 검은 구멍에서 뭔가 떨어지기를 기대하는 듯 마구 흔들어댔다. 금방이라도 현들이 끊어지고 현침懸針들이 동강동강 부서져 튕겨나갈 것 같았다.

원두막처럼 말뚝 위에 세워진, 산꼭대기의 그 외딴 오두막집에는 마을 주민들이 거의 다 모여 있었다. 어른, 아이 할 것 없이 안에서 북적거리고, 창문에 매달리고, 문 앞에서 서로 떼밀고 있었다. 악기에서 아무것도 떨어지지 않자 촌장은 시커먼 구멍에 코를 바짝 대고 킁킁거리며 냄새를 맡기 시작했다. 그의 왼쪽 콧구멍에서 굵고 길고 더러운 코털 여러 개가 파르르 떨렸다.

그래도 트집 잡을 만한 게 없었다.

촌장은 못이 박인 손가락으로 현을 하나씩 퉁겨보았다……. 알 수 없는 음의 공명이 마치 한 사람 한 사람에게 경건한 마음을 강요하기라도 하듯 그곳에 있던 사람들의 몸이 경직되었다.

"이건 장난감이로군."

촌장이 엄숙한 어조로 말했다.

그의 판정에 뤄와 나는 말문이 막혔다. 우린 아무도 몰래 서로 불안한 시선을 교환했다. 나는 이 일이 어떻게 끝날지 애가 탔다.

촌장에게서 '장난감'을 건네받은 농부가 주먹으로 바이올린 몸체의 뒷면을 두드려본 다음, 다른 남자에게 넘겨주었다. 잠깐 동안에 바이올린은 마을 사람들의 손에서 손으로 전해졌다. 깡마른데다 허약한 몸에 지칠 대로 지쳐 우스꽝스런 모습으로 등장한 도회지의 두 청년인 우리에게는 아무도 신경을 써주지 않았다. 온종일 산속을 걸어온 터라 우리의 옷이며 얼굴, 머리카락은 온통 흙투성이였다. 우리는 전투에서 패배한 뒤에 밀려드는 공산당 농민들에게 생포된, 어느 홍보영화의 반동적인 어린 병사들 같았다.

"우스꽝스럽게 생긴 장난감이네요."

한 여자가 쉰 목소리로 말했다.

"아니, 그건 도회지에서 쓰는 부르주아 장난감이야."

촌장이 여자의 말을 정정했다.

방 한복판에서 석탄이 훨훨 타고 있는데도 한기가 엄습했다. 이어서 촌장이 덧붙이는 말소리가 들렸다.

"불살라버려야 해!"

그 명령은 사람들 사이에 즉각 활기찬 반응을 불러일으켰다. 마을 사람들이 와자지껄 떠들어대면서 서로 자기 손으로 불 속에 던지고 싶은 마음에 그

'장난감'을 움켜잡으려고 기를 썼다.

"촌장 어른, 그건 악기입니다."

뤄가 거침없는 어조로 말했다.

"제 친구는 아주 훌륭한 음악가입니다. 정말이에
요."

촌장은 바이올린을 도로 받아들더니 다시 한 번
검사했다. 그러고 나서 내게 바이올린을 내밀었다.

나는 겸연쩍어 하면서 말했다.

"죄송합니다만, 촌장 어른, 연주를 썩 잘하지는 못
합니다."

그 순간, 뤄가 보내는 눈짓을 본 나는 흠칫 놀라
바이올린을 순순히 받아들었다.

"여러분께서는 이제부터 모차르트의 소나타를 들
으시겠습니다."

뤄가 조금 전처럼 차분한 목소리로 사람들에게 말
했다.

어이가 없어진 나는 내 친구가 정신이 나간 모양
이라고 생각했다. 몇 년 전부터 우리 나라에서는 모
차르트는커녕 모든 서양음악의 연주가 일절 금지되
어 있었기 때문이다. 축축하게 젖은 신발 속에서 내
발은 꽁꽁 얼어 있었다. 또다시 엄습해오는 한기 때
문에 나는 몸을 덜덜 떨었다.

"소나타가 무엇이냐?"

촌장이 의아한 얼굴로 내게 물었다.

"잘은 모르지만, 그러니까 그게 서양의……."

나는 횡설수설하기 시작했다.

"노래라는 것이냐?"

"대충 비슷한 겁니다."

나는 대답을 얼버무렸다.

그러자 즉각 촌장의 눈빛에 충직한 공산당원다운 경계심이 나타나면서 어조가 적대적으로 변했다.

"네가 연주할 노래의 제목은 무엇이냐?"

"노래와 비슷하긴 하지만 이건 소나타라고 하는 겁니다."

"나는 제목을 물었다!"

촌장이 내 눈을 쏘아보면서 고함쳤다.

또다시 그의 왼쪽 눈에 맺힌 핏멍울 세 개가 내게 두려움을 안겨주었다.

"모차르트……."

나는 망설였다.

"모차르트 뭐라는 거냐?"

"모차르트는 언제나 마오 주석을 생각한다는 겁니다."

뤄가 나를 대신해서 마무리를 해주었다.

얼마나 대담한 말인가! 하지만 그 대담함이 효력을 발휘했다. 마치 무슨 기적적인 얘기라도 들은 듯이 위협적이던 촌장의 얼굴이 순식간에 부드러워졌다. 기쁨의 미소를 짓느라 눈가에 주름까지 생겼다.

"모차르트는 언제나 마오 주석을 생각한다고?"

촌장이 되뇌었다.

"그렇습니다, 언제나."

뤄가 단호하게 대답했다.

활을 쳐드는 순간 갑자기 주위에서 터져나오는 열렬한 박수소리에 나는 덜컥 겁이 났다. 곱은 손가락들로 현을 훑어가자, 모차르트의 악절들이 충실한 친구처럼 머릿속에 떠올랐다. 모차르트의 명쾌한 음악에 영향을 받은 것인가, 흡사 메마른 땅에 비가 내리기라도 하듯 좀전까지만 해도 그토록 매정해 보이던 마을 사람들의 얼굴이 시시각각 부드러워졌다. 이윽고 흔들거리는 남포 불빛 속에서 그 얼굴들의 윤곽이 차츰 흐려졌다.

내가 꽤 오랜 시간 연주하는 동안 뤄는 어른처럼 편안한 자세로 담배를 피우고 있었다.

그것이 우리의 재교육 첫날에 일어난 일이었다. 뤄는 열여덟, 나는 열일곱 살이었다.

12

*

　재교육에 관해 몇 마디하고 넘어갈 필요가 있다.
1968년 말 어느 날, 중국 공산당의 최고 지도자이자
혁명의 기수인 마오쩌둥 주석은 나라를 일대 변혁하
는 운동을 벌였다. 모든 대학이 휴교했고 '젊은 지식
인들', 다시 말해 중등교육을 마친 학생들은 '가난한
농민들에게 재교육'을 받기 위해서 농촌으로 추방되
었다(그로부터 몇 년 후, 그 전대미문의 아이디어는 아시
아의 또 다른 혁명 지도자에게 영향을 주게 되었고, 좀더
야심 차고 더 급진적인 캄보디아인은 노소를 막론하고 수
도의 '전 주민'을 농촌으로 보냈다).

　마오쩌둥이 그런 결정을 내린 진정한 이유는 명확
하지 않다. 어쩌면 자신의 감독을 벗어나기 시작한
홍위병들과 손을 끊고 싶었던 것은 아닐까? 아니면
새로운 시대를 갈망하는 혁명가의 환상이었을까? 이
질문에 대답할 수 있는 사람은 아무도 없었다. 그 당
시 뤄와 나는 음모자들처럼 비밀리에 그 이유에 관
해 자주 토론하곤 했다. 우리가 내린 결론은 다음과
같았다. 마오는 지식인을 미워한다고.

　우리도 그 '위대한 인간실험'에 이용되었지만 실
험재료가 되었던 것이 우리가 처음도 마지막도 아니

었다. 우리가 두메산골 그 외딴 오두막에 도착해서 촌장을 위해 바이올린을 연주했던 때는 1971년 초였다. 우리가 가장 불행한 것도 아니었다. 우리 이전에도 수백만 명의 젊은이들이 그랬고, 앞으로도 수백만 명이 그 뒤를 이을 것이었다. 다만 한 가지, 뤄와 내가 고등학생이 아니었다는 것, 그것만은 운명의 장난이라고 말할 만했다. 우리는 고등학교 교실에 들어가 본 적도 없었다. 중학 3년 과정을 마쳤을 뿐인데도 마치 '지식인'이라도 되듯 산골로 보내진 것이다.

중학교에서 얻는 지식이라는 것이 형편없는 수준이었던 만큼, 사기가 아닌 이상 우리를 지식인으로 간주한다는 건 어처구니없는 일이었다. 열두 살에서 열네 살 사이의 학생들은 문화대혁명이 진정되어 학교가 다시 정상화되기를 기다렸다. 하지만 정작 고대하던 학교에 들어가게 되었을 때, 우리는 실망과 괴로운 경험을 해야 했다. 교과목이 공업과 농업에 국한되었고 '기초 지식'에 속하는 수학과 물리, 화학 등은 폐지되었기 때문이다. 교과서 표지에는 챙 달린 모자를 쓰고 실베스타 스텔론처럼 굵직한 팔로 커다란 망치를 휘두르고 있는 노동자의 모습이 찍혀 있었다. 노동자 옆에는 농민으로 위장한 여자 공산당원이 빨간 머플러로 머리를 싸매고 있었다(당시의 중학생들 사이에서는 그 여자가 생리대로 머리를 싸맨 거라는 저속한 우스갯소리가 나돌았다). 여러 해 동안 우리가 유일하게 지식을 얻을 수 있는 것이라곤 그런 교과서들과 마오쩌둥의 『붉은 어록』밖에 없었다. 다른 책은 모두 금지되었다.

우리에게는 고등학교 입학이 허용되지 않았고, 각자 지고 있던 죄의 정도가 똑같지 않은데도 불구하고 그 당시 인민의 적으로 간주된 부모들 때문에 우리는 젊은 지식인의 역할을 떠맡지 않을 수 없었다.

나의 부모는 의료업에 종사했다. 아버지는 호흡기 전문의였고, 어머니는 기생충병 전문의였다. 두 분은 인구 사백만의 도시 청두成都의 병원에서 일했다. 그들의 죄는 베이징에서는 멀지만 티베트에서는 아주 가까운, 인구가 1억에 달하는 쓰촨성四川省의 성도省都 청두에서 명성을 떨치고 있는 '잘나빠진 지식층의 기득권자들'이라는 데 있었다.

내 부모에 비하면, 중국 전체에 이름이 알려진 위대한 치과의사이던 뤄의 아버지야말로 진짜 유명인사였다. 문화대혁명이 일어나기 전 어느 날, 뤄의 아버지는 학생들에게 마오쩌둥 부부와 공산당이 권력을 잡기 이전 중화민국의 총통 장제스의 이를 치료했다고 말한 적이 있다. 사실, 몇 년 전부터 날마다 마오의 초상화를 접하고 있던 터라 몇몇 사람들은 주석의 치아가 아주 누렇고 더럽다는 것을 이미 알아차렸지만, 입을 다물고 있었다. 한 고명한 치과의사가 그렇게 공공연하게 대혁명의 기수가 의치를 쓴다는 사실을 넌지시 전파했다는 것은 대담함을 넘어, 국가기밀을 누설한 것보다도 더 용서받을 수 없는 경솔한 죄에 해당되었다. 더욱이 그가 불행히도 감히 마오 부부의 이름과 최고의 '인간 쓰레기'에 속하는 장제스의 이름을 같이 언급했기 때문에 선고된 형은 그만큼 더 무거웠다.

벽돌 건물의 맨 꼭대기 사층, 뤄의 가족과 우리 가족은 같은 층에서 오랜 세월 동안 이웃해 살았다. 뤄는 아버지에게는 다섯째 아들이자, 어머니에게는 외아들이었다.

뤄는 나의 가장 절친한 친구였다고 해도 과언이 아니다. 우리는 함께 자랐고, 때로는 아주 힘든 온갖 시련을 함께 겪었다.

우리가 싸웠던 적이, 아니 그보다는 뤄가 나를 때렸던 적이 딱 한 번 있었던 것으로 기억된다. 1968년 여름이었다. 당시 뤄는 열다섯 살, 나는 열네 살이었다. 어느 날 오후, 우리의 부모들이 근무하는 병원의 노천 농구장에서 정치 집회가 있었다. 그 집회의 목적은 뤄의 아버지를 공개적으로 고발하고 비판하기 위한 것임을 우리 둘다 알고 있었다. 다섯 시경, 부모님들이 돌아오시지 않자, 뤄는 내게 그곳으로 가보자고 했다.

"어떤 자들이 아버지를 고발하고 때리는지 잘 봐두었다가 나중에 커서 복수하자."

만원을 이룬 농구장에는 까만 머리통들이 우글거렸다. 날씨는 몹시 더웠다. 확성기가 왕왕 울렸다. 뤄의 아버지는 연단 한복판에 무릎을 꿇고 있었다. 아주 무거운 시멘트 게시판을 단 철사가 그의 목살로 파고들고 있었다. 그 게시판에는 그의 이름과 죄명이 적혀 있었다.

'반동분자'.

거리가 삼십 미터나 떨어져 있었는데도 뤄의 아버지의 갸우뚱한 머리 바로 아래쪽 흙바닥이 온통 땀으로 얼룩져 시커멓게 보였다.

심문자의 위협적인 음성이 확성기를 통해 울렸다.

"그 간호사와 잤다는 걸 자백하라!"

뤄의 아버지는 무거운 시멘트 덩어리 때문에 고개를 푹 숙인 상태였다. 그대로 가다가는 목이 으스러질 것만 같았다. 남자가 그의 입에 마이크를 갖다대자, 아주 맥없이 떨리는 음성으로 "그렇습니다" 하는 대답이 들렸다.

"어떻게 그렇게 되었는가?"

심문자가 확성기에 대고 고함쳤다.

"먼저 집적거린 것이 너냐, 그 계집이냐?"

"제가 그랬습니다."

"그래서 어떻게 됐나?"

잠시 침묵이 흘렀다. 이어서 군중이 일제히 외쳤다.

"그래서?"

이천여 명이 반복하는 그 외침이 천둥처럼 울리며 우리의 머리 위를 맴돌았다.

"제가…… 다가갔습니다."

죄인이 대답했다.

"좀더 자세히 불어라!"

"하지만 그 여자를 건드리는 순간…… 정신이 몽롱해져서……."

뢰의 아버지의 자백이 이어졌다.

우리가 그곳을 떠나는 사이에도 광신적인 심문자 무리가 질러대는 고함이 다시 맹위를 떨쳤다. 돌아오는 길에 눈물이 갑자기 내 얼굴을 타고 흘러내렸고, 내가 얼마나 이웃 아저씨, 그 치과의사를 사랑했는지 깨달았다.

그 순간, 뢰가 아무 말도 하지 않고 느닷없이 내

빰을 갈겼다. 그 따귀가 어찌나 갑작스러웠던지 나는 하마터면 땅바닥에 넘어질 뻔했다.

*

그해 1971년, 호흡기 전문의의 아들과 마오의 이를 치료할 기회를 가졌던 인민의 적의 아들은 '하늘 긴꼬리닭'이라 불리는 산으로 보내진 백 명의 남녀 청소년 중에서 유일하게 '젊은 지식인들'이었다. 시적인 이름이면서 이상한 방식으로 그 끔찍한 높이를 짐작케 하는 산골. 하찮은 참새들이나 평원의 보통 새들은 그 산골까지 도저히 날아오를 수 없다. 오직 하늘과 가까이 지내는 강하고, 전설적이고, 고독을 즐기는 새만이 그곳에 이를 수 있었다.

그곳으로 이르는 길이라고는 오로지 거대한 바윗덩어리들과 뾰족한 산봉우리, 온갖 크기와 다양한 모양을 한 산등성이들 사이로 난 좁은 두멧길이 있을 뿐이었다. 문명의 징표인 자동차를 보거나 클랙슨 소리를 듣거나, 식당 냄새라도 맡으려면, 산골을 지나며 이틀이나 걸어가야 했다. 백 킬로미터 정도 떨어진 강의 기슭에 용징이라는 마을이 형성되어 있었고, 거기가 그 산골에서 가장 가까운 도시였다. 그 도시에 발을 들여놓았던 유일한 서양인은 1940년대에 티베트로 가는 새로운 길을 찾고 있던 프랑스인 선교사 미셸이었다.

그 예수회 선교사는 여행수첩에 이렇게 적었다.

"용징지구에는 흥미로운 것들이 꽤 많은데, 그중에서도 특히 '하늘긴꼬리닭'이라 불리는 산은 황동이 많이 나기로 유명해서 예전에는 거기서 화폐를 주조했고, 1세기 한나라의 황제가 이 산을 자신의 연인인 환관에게 선물로 주었다고도 한다. 현기증이 날 정도로 우뚝우뚝 솟은 뾰족한 산봉우리들에 눈길을 주면, 앞으로 불쑥 나온 바위 사이를 비집고 오르다 안개 속으로 사라져버리는 것 같은 좁다란 산길이 보이고, 그 길을 따라 인부들이 두툼한 동 자루를 잔뜩 싣고 가죽끈으로 고정시킨 짐승들을 끌고 내려오곤 했다. 그러나 무엇보다도 교통수단이 없기 때문에 동 생산은 아주 오래전에 사양길로 들어섰다고 한다. 현재는 이 산의 특별한 지형 때문에 주민들이 아편을 재배하기에 이르렀다. 하지만 사람들은 나에게 그 산에 가지 말라고 충고한다. 아편 농사꾼들은 모두 무장하고 있으며, 수확을 하고 난 다음에는 타지 사람들을 공격하는 데 시간을 보내고 있다면서. 그래서 나는 거목과 덩굴식물들, 그리고 초목이 무성해서 어둡고 외질 뿐만 아니라 갑자기 산적이 튀어나와 덤벼들 것만 같은 그 원시적인 산을 멀리서 바라보는 것으로 만족해야 했다."

'하늘긴꼬리닭' 산에는 스무 개의 마을이 있는데, 마을들은 그곳으로 이르는 유일한 두멧길에서 갈라져 사방으로 흩어져 있거나 시커먼 골짜기들 속에 숨듯이 자리잡고 있었다. 마을마다 도시에서 온 젊은이를 대여섯 명씩 받았다. 그러나 우리가 도착한 산꼭대기 마을은 그중에서도 제일 궁벽해서 뤄와 나, 두 명밖에 받을 수 없었다. 마을 사람들은 촌장이 내 바이올린을 조사했던 그 말뚝 위의 오두막집에 우리를 묵게 했다.

그 마을 공동소유였던 오두막집은 사람이 살 만한 곳이 아니었다. 나무 말뚝 위에 세워진 그 집 밑에는 역시 마을의 공동재산인 뚱보 암퇘지가 사는 돼지우리가 있었다. 페인트칠을 하지 않은 천연 그대로의 낡은 목재로 지었고, 천장이 따로 없이 바로 지붕을 얹은, 엄밀하게 말하면 옥수수와 쌀 그리고 망가진 연장을 보관하는 창고였다. 또 연인들의 밀회장소로 이상적인 곳이기도 했다.

여러 해 동안, 재교육을 받는 거처에는 가구가 전혀 없었다. 심지어는 책상이나 의자도 없고, 창문도

없는 작은방에 임시변통으로 만들어서 벽에 붙여놓
은 침대 두 개만 달랑 있을 뿐이었다.

그럼에도 불구하고 우리의 집은 삽시간에 마을의
중심이 되었다. 왼쪽 눈에 언제나 세 개의 핏멍울이
맺혀 있는 촌장을 포함한 마을 사람들이 모두 우리
의 거처로 모여들었기 때문이다.

그렇게 된 까닭은 또 하나의 아주 조그만 '지상의
긴꼬리닭' 덕분이었는데, 그 물건의 주인은 바로 내
친구 뤄였다.

*

사실 그건 진짜 긴꼬리닭이 아니라 짙푸른 줄무늬
가 진 초록빛의 공작깃털을 가진 거만한 수탉이었
다. 약간 더러운 유리관 속에서 수탉이 대가리를 숙
이고, 그 칠흑 같은 뾰족한 부리로 보이지 않는 바닥
을 쪼는 동안 초침이 똑딱똑딱 문자반을 돌아갔다.
이어서 머리를 쳐든 수탉이 부리를 벌리고는 가상의
쌀알들을 실컷 쪼아먹은 후 만족스런 모습으로 깃털
을 흔들곤 했다.

수탉이 초침을 움직이는 뤄의 자명종은 얼마나 작
았던지! 그 덕분에 시계는 우리가 도착했을 때 실시

된 촌장의 소지품 검사에서 무사할 수 있었다. 자명종은 손바닥만 한 크기였지만, 더할 나위 없이 부드럽고 귀여운 소리를 냈다.

우리가 오기 이전에 그 마을에는 자명종도, 시계도, 괘종시계도 없었다. 마을 사람들은 늘 해가 뜨고 지는 것으로 시간을 가늠하며 살고 있었다.

자명종이 촌사람들에게 대단한 힘을, 거의 신성하다고 할 정도의 힘을 발휘한다는 걸 알고 무척 놀랐다. 마치 말뚝 위의 우리 집이 사원이라도 되듯이 모두들 시계를 보러왔다. 아침마다 똑같은 의식이 벌어졌다. 촌장은 낡은 장총처럼 기다란 대나무 담뱃대를 피워 물고서 우리 집 주변을 서성거렸다. 그는 우리의 자명종 소리에 귀를 기울이고 있었다. 아홉 시 정각이 되면, 그는 마을 사람들이 모두 밭으로 나가도록 귀를 째는 듯한 휘파람을 길게 불었다.

"시간이 됐다! 내 말이 들리는가?"

촌장은 여기저기 띄엄띄엄 자리잡은 집들을 향해 외쳤다.

"일하러 나갈 시간이다, 게으름뱅이들아! 뭘 꾸물대는 거야!"

작은 수레조차 지나갈 수 없을 정도로 좁고 가파른 길이어서 인간의 몸이 유일한 운송수단이 되었고, 산길이 구름 속으로 사라질 때까지 한없이 올라가야 했기 때문에 우리는 그 산으로 일하러 가는 것을 몹시 싫어했다.

가장 끔찍한 것은 똥지게를 지고 날라야 한다는 것이다. 원통 모양의 나무통들은 인분이나 짐승의 똥을 나르기 위해 특별히 고안된 것이다. 날마다 그 나무통에 똥을 채워서 아찔하게 높은 곳에 위치한 밭까지 등에 지고 날라야 했다. 걸음을 뗄 때마다 통 속에서 똥물 출렁거리는 소리가 귓가에 들리고, 뚜껑에서 조금씩 새어나온 구린내 나는 똥물이 방울방울 떨어지면서 몸통을 따라 흘러내리곤 했다. 친애하는 독자들이여, 차마 넘어지는 장면은 생략하련다. 발을 헛디뎠을 경우에 일어날 결과는 여러분이 얼마든지 상상할 수 있기에.

어느 날 아침, 똥통을 지고 나르는 일이 기다린다고 생각하니 정말이지 일어나고 싶지 않았다. 우리가 아직 자리에 누워 있을 때, 촌장의 발소리가 가까워졌다. 아홉 시가 다 되어가면서 수탉이 태연하게 모이를 쪼는 시늉을 내고 있을 때, 뤄가 갑자기 기발한 생각을 해냈다. 그는 새끼손가락으로 자명종 바늘을 반대방향으로 한 시간 되돌려놓았다. 그런 다음 우리는 계속 잠을 잤다. 촌장이 긴 대나무 담뱃대

24

를 물고 밖에서 왔다 갔다 하면서 기다리고 있다는 걸 알고 있었기 때문에 그날 아침은 그만큼 더 꿀맛 같고 유쾌했다. 그 대담하고 기막힌 발견 덕분에, 공산주의 체제하의 '가난한 농민'으로 전환해 우리의 재교육을 담당한 예전의 아편 농사꾼들에 대해 품었던 악감이 거의 가실 정도였다.

그 기념할 만한 아침 이후로 우리는 툭하면 자명종이 울리는 시간을 바꾸어놓았다. 모든 것이 우리의 건강상태나 기분에 달렸다. 이따금 시곗바늘을 되돌리는 대신에 그날의 일을 더 일찍 끝내기 위해서 한두 시간 앞으로 당겨놓은 적도 있었다.

그렇게 해서 나중에는 진짜로 몇 시인지를 알 수 없게 되고 말아 결국 실제 시간에 대한 개념을 잃고 말았다.

*

'하늘긴꼬리닭' 산에는 비가 자주 내렸다. 거의 사흘 중 이틀은 비가 내렸다. 천둥을 동반한 뇌우나 소나기는 드물었지만, 그칠 줄 모르는 끈질기고 음침한 가랑비가 줄기차게 내렸다. 우리가 사는 오두막집 주변의 봉우리며 바위들이 을씨년스러운 짙은 안

25

개 속에서 희미하게 보였다. 그 아련하고 환상적인 풍경 때문에 우리는 우울해졌다. 늘 습기가 차 있어서 곰팡이가 피는데다가 그것은 날이 갈수록 점점 더 기승을 부렸다. 지하에 위치한 집보다 건강에 더 해로운 집이었다.

뤄는 밤에 잠을 이루지 못했다. 그는 일어나 남포에 불을 붙이고 무의식 중에 떨어뜨렸던 담배꽁초 몇 개를 찾으려고 침대 밑으로 기어들어갔다. 다시 기어나온 그는 침대 위에 책상다리를 하고 앉아 종잇조각(대개는 가족에게서 온 귀한 편지)에 축축한 꽁초들을 모아놓고 남포 불꽃에 담배를 말렸다. 그런 다음 꽁초를 풀어서 부스러기 하나 떨어뜨리는 일 없이 아주 꼼꼼하게 담뱃가루를 모아 만든 궐련에 불을 붙이고 남포를 껐다. 그는 여전히 자리에 앉은 채 어둠 속에서 담배를 피우면서 고요한 밤일수록 또렷이 들리는 소리, 우리의 침실 바로 아래서 암퇘지가 콧잔등으로 비료 더미를 파헤치면서 꿀꿀거리는 소리를 듣고 있었다.

여느 때보다 더 오랫동안 비가 내려서 어디서든 담배를 구할 수 없었다. 그러던 어느 날, 한밤중에 뤄가 나를 깨웠다.

"이젠 침대 밑이고 어디고 꽁초가 없어."

"그래서?"

"우울하다구. 나를 위해서 바이올린을 켜주지 않을래?"

나는 그의 청을 곧바로 실행에 옮겼다. 잠이 덜 깬 상태에서 바이올린을 켜던 내 머리에 문득 우리의 부모, 즉 그의 부모와 나의 부모가 떠올랐다. 호흡기 전문의나 그토록 위업을 이룩했던 치과의사가 그날 밤, 말뚝 위의 오두막집에서 깜박이는 남포 불빛을 볼 수만 있다면, 그들이 암퇘지의 꿀꿀거리는 소리에 뒤섞인 이 바이올린 곡조를 들을 수만 있다면……. 하지만 그곳에는 아무도 없었다. 마을의 농부들조차 없었다. 제일 가까운 집이라고 해봐야 백 미터는 떨어진 곳에 있었으니.

밖에는 추적추적 비가 내리고 있었다. 뜻밖에도 평소처럼 가랑비가 아니라 우리의 머리 위, 지붕의 기와를 두드리는 소리가 요란할 만큼 거센 비였다. 그것 때문에 뤄는 훨씬 더 우울했을 것이다. 우리는 평생 동안 재교육을 받을 운명이었다. 공산당 관보에 의하면 일반적으로 잘못을 저지르지 않은 노동자나 지식층 혁명당원의 평범한 가정에서 태어난 젊은이는 재교육 기간을 이 년으로 끝내고 가족이 있는 도시로 돌아갈 행운이 백 퍼센트였다. 하지만 '인민의 적'으로 분류된 집안의 자식들에게는 천 명 중 세 명이 될까말까 할 정도로 집으로 돌아갈 기회가 희박했다. 간단히 말해서 뤄와 나의 삶은 끝장난 셈이었다. 우리에게는 머리 다 빠진 파파노인이 될 때까지 오두막집에서 살다가 끝내는 하얀 수의에 덮이고 말, 실로 우스꽝스러운 미래만 남아 있었다. 정말로 맥이 풀리고 잠 못 이루고 번민할 까닭이 있었던 것이다.

그날 밤, 나는 모차르트에 이어 브람스와 베토벤의 소나타를 연주했지만, 마지막 곡은 친구의 우울한 마음을 달래주는 데 실패했다.

"다른 곡을 들려줘."

"어떤 걸 듣고 싶은데."

"좀더 경쾌한 곡이 필요해."

나는 곰곰이 생각에 잠겨 나의 빈약한 레퍼토리를 더듬었지만 기억나는 것이 없었다.

그러자 뤄가 낮은 소리로 혁명가를 부르기 시작했다.

"이건 어때?"

그가 내게 물었다.

"근사한걸."

나는 즉시 바이올린으로 그 노래를 반주해주었다. 그건 마오 주석의 영광을 예찬하기 위해서 중국인들이 가사를 바꿔서 부르던 티베트 노래였다. 그런데도 그 곡에는 삶의 기쁨, 불굴의 힘이 담겨 있었다. 바이올린 반주가 그 노래를 완전히 망치지는 않았다. 점점 더 흥이 난 뤄는 침대에서 벌떡 일어나 빙글빙글 돌면서 춤을 추기 시작했다. 틈 벌어진 기와를 통해서 집 안으로 빗물이 뚝뚝 떨어지고 있는데.

문득 3퍼밀('1퍼밀'은 1,000분의 1)이라는 말이 떠올랐다. 나한테는 그래도 천 명 중 세 명에 낄 기회라도 있었지만, 춤꾼으로 변신한 저 우울한 골초에게는 그보다 가능성이 더 적었다. 바이올린 연주에 숙달되면 언젠가는, 가령 용정지구 인민공사의 선전당원들이 연주가의 길을 열어줄지 모를 일이다. 하지만 뤄는 바이올린을 켤 줄도, 농구나 축구를 할 줄도 모른다. 그는 그런 꿈을 꿀 수도 없었다.

그가 가진 유일한 재능은 이야기를 잘하는 것이었는데, 그것은 분명 남을 즐겁게 해주는 특별한 재능이긴 했지만 애석하게도 미래가 불확실한 재능이었다. 우리는 이제 천일야화의 시대에 살고 있지 않았다. 사회주의든, 자본주의든 현대사회에서 이야기꾼은 불행하게도 더 이상 직업이 되지 못했다.

그 재능을 높이 평가해서 그에게 관대하게 길을 열어줄 수 있는 유일한 사람은 구전설화에 푹 빠진 마지막 세대일 우리 마을의 촌장이었다.

'하늘긴꼬리닭' 산골은 문명의 혜택을 받지 못하는 곳이어서 대부분의 사람들은 영화를 볼 기회가 전혀 없었고, 영화라는 것이 뭔지도 몰랐다. 이따금 뤄와 나는 촌장에게 어떤 영화를 들려주었는데, 그때마다 촌장은 침을 흘리면서 좀더 듣고 싶어했다. 어느 날, 용징에서 다달이 영화가 상영되는 날짜를 알아본 촌장은 뤄와 나를 그 도시로 보내기로 결정했다. 용징까지는 가는 데 이틀이 걸리고, 돌아오는 데 이틀이 걸렸다. 우리는 그 도시에 도착하는 바로 그날 저녁에 영화를 봐야 했다. 그리고 일단 마을로 돌아가면 촌장과 마을 사람들에게 그 영화를 처음부터 끝까지 상영되는 시간에 꼭 맞춰서 이야기해야 했다.

촌장의 제의에 응한 우리는 신중을 기하기 위해 용징의 중학교 운동장에 가설해놓은 노천 영화관에서 연거푸 두 번을 관람했다. 그곳 처녀들이 우리의 마음을 끌었음에도 우리는 스크린에 정신을 집중하여 대사와 배우들의 의상, 몸짓, 각 장면마다 달라지는 배경, 심지어 영화음악에까지 주의를 기울였다.

마을로 돌아온 우리는 말뚝 위의 오두막집 앞에서 전대미문의 구전영화를 상영했다. 물론 마을 사람들

전원이 그 자리에 참석했다. 첫째열 한복판에 앉은 촌장은 한 손에 기다란 대나무 담뱃대를, 다른 손에는 우리가 연기하는 시간을 재기 위해서 '지상의 긴 꼬리닭' 자명종을 쥐고 있었다.

잔뜩 겁을 집어먹은 나는 각 장면의 배경을 기계적으로 묘사했다. 그러나 뢰는 타고난 이야기꾼의 재능을 유감없이 발휘했다. 그는 이야기를 하는 대신 등장인물들을 하나하나 연기하면서 각각의 성대를 모사하고 몸짓까지 그대로 흉내냈다. 그는 이야기를 끌고 나가면서 서스펜스를 만들고, 의문을 제기하고, 관람객들의 반응을 끌어내고, 틀린 대답을 고쳐주었다. 결국 뢰 혼자서 모두 다 한 셈이었다. 우리, 아니 엄밀하게 말하면 뢰가 주어진 시간 내에 정확하게 영화를 끝냈을 때, 그 구전영화에 감동한 관람객들은 얼이 빠져버렸다.

독재적인 촌장이 흐뭇한 미소를 머금고 선언했다.

"너희들은 다음 달에도 영화를 봐야 한다. 너희들에게는 밭에서 일할 때와 똑같은 보수를 주겠다."

처음에는 그것이 재미있는 놀이로만 여겨졌다. 그때까지만 해도 우리의 삶, 적어도 뢰의 삶이 달라지리라고는 전혀 상상도 하지 못했던 것이다.

‘하늘긴꼬리닭’ 산골의 공주는 야들야들하면서 질긴 천으로 만든 장밋빛 신발을 신었는데, 그녀가 재봉틀 페달을 밟을 때마다 움직이는 발가락이 그 신을 통해 보였다. 비록 손으로 만든 흔해빠진 싸구려 신발이긴 했지만, 거의 모든 사람이 맨발로 다니는 그 고장에서는 눈에 띄고 세련되고 고상해 보였다. 하얀 나일론 양말 때문에 예쁜 발목과 발은 더욱 돋보였다.

　3, 4센티미터 굵기로 한 갈래로 길게 땋은 머리타래가 목덜미에서 등을 따라 허리 아래까지 치렁치렁 늘어졌고, 그 끝에는 공단과 비단을 엮어 만든 빨간색의 근사한 댕기를 드리웠다.

그녀가 재봉틀을 향해 몸을 숙이면 하얀 깃, 달걀형 얼굴, 그 지방 전체는 아니라도 용징지구에서는 틀림없이 가장 아름다운 눈이 그 반들반들한 작업대에 비쳤다.

우리 마을과 그녀가 사는 마을 사이에는 큰 골짜기가 가로지르고 있었다. 그 산골의 유일한 재봉사인 그녀의 아버지는 점포이자 살림집으로 사용하는 크고 낡은 집을 자주 비웠다. 그 재봉사에게는 주문이 아주 많이 쏟아져 들어왔다. 어떤 집에서 새옷을 장만하고 싶을 때에는 우선, 우리가 영화를 관람했던 용징의 한 포목점에 가서 천을 산 다음, 재봉사를 찾아가 가격과 옷을 언제 어디서 만들 것인지에 대해 상세히 의논했다. 그리고 약속한 날이 밝자마자, 재봉틀을 번갈아 등에 지고 나를 건장한 남자 여럿을 데리고 정중하게 재봉사를 모시러 갔다.

그 집에는 재봉틀이 두 대 있었다. 하나는 재봉사가 마을을 돌 때마다 언제나 갖고 다니는 오래된 재봉틀로서, 상표도 제조업자의 이름도 지워져 있었다. 다른 하나는 상하이에서 만든 새 재봉틀인데, '바느질 처녀'로 알려진 자기 딸을 위해 점포에 놔두었다. 마을로 출장을 나갈 때는 절대로 딸을 데려가지 않았는데, 현명하지만 무정하기도 한 그의 결정

은 그녀의 마음에 들기를 갈망하는 수많은 산골 청
년들을 절망에 빠지게 했다.

재봉사는 왕처럼 호사스럽게 살았다. 그가 일을
하러 마을에 도착했을 때 일어나는 활기는 여느 명
절 부럽지 않았다. 재봉사를 손님으로 맞이해서 재
봉틀 소리가 드르륵거리는 집은 마을의 중심이 되었
고, 그 집으로서는 부를 과시할 절호의 기회였다. 그
집에서는 재봉사를 위해 진수성찬을 준비했고, 간혹
재봉사가 방문하는 날이 마침 설날을 앞둔 연말일
경우에는 돼지까지 잡았다. 재봉사는 여러 고객의
집에서 번갈아 묵으며 대체로 일주일에서 보름 정도
를 줄곧 한 마을에서 보내곤 했다.

어느 날, 뤄와 나는 다른 마을에 보내진 고향친구
'안경잡이'를 만나러 갔다. 비가 내리고 있었기 때문
에, 우리는 우윳빛 안개 속에서 미끌거리고 가파른
산길을 천천히 걸어갔다. 조심을 했는데도 수없이
진창에 엎어지곤 했다. 모퉁이를 막 돌았을 때, 가마
와 함께 일렬로 줄지어 오는 행렬이 보였다. 가마에
는 오십대 남자가 앉아 있었다. 가마 뒤에서는 한 남
자가 가죽끈으로 단단히 묶은 재봉틀을 등에 지고
걸어왔다. 재봉사가 가마지기들 쪽으로 몸을 숙이더
니, 우리에 대해 뭔가 물어보는 것 같았다.

가마가 옆을 지나치는 순간, 갑자기 재봉사가 내 쪽으로 몸을 기울였는데 어찌나 가까운지 그의 숨결이 훅 끼쳤다.

"웨이-올-린!"

그 순간 재봉사가 '바이올린'을 영어식으로 외쳤다.

그러고는 천둥 같은 자기 목소리에 깜짝 놀라는 나를 보면서 웃음을 터뜨렸다. 꼭 변덕쟁이 세도가 같았다.

"이 산골에서 우리 나리만큼 멀리까지 여행한 분도 없을걸."

가마지기들 중 한 사람이 우리에게 말했다. 그러자 그 대단한 여행가는 우리의 대꾸도 기다리지 않고 이렇게 말했다.

"젊었을 적에는 용징에서 이백 킬로미터 떨어진 야안雅安에도 간 적이 있지. 나의 스승께서는 손님들에게 깊은 인상을 주기 위해서 자네들의 것과 같은 악기를 벽에 걸어두시곤 했다네."

그러더니 재봉사는 입을 다물었다. 그의 행렬은 멀어져갔다.

그런데 길 모퉁이를 돌아서 시야 밖으로 막 사라지기 전에 그가 뒤를 돌아보며 다시 한 번 외쳤다.

"웨이-올-린!"

그러자 가마지기들을 비롯해서 열 명이나 되는 행렬이 천천히 고개를 쳐들더니 일제히 고함을 질렀는데, 그 소리가 어찌나 이상한지 영어단어라기보다는 무슨 고통스러운 신음소리와 비슷했다.

"웨이—올—린!"

그러고는 흡사 한 무리의 악동처럼 그들은 미친듯이 웃음을 터뜨렸다. 이윽고 그들은 다시 허리를 숙이고 길을 떠났다. 순식간에 안개가 행렬을 집어삼켰다.

그로부터 몇 주가 지나서 우리는 재봉사의 집 마당에 들어섰다. 큰 검둥개 한 마리가 짖지는 않고 빤히 쳐다보았다. 우리는 점포 안으로 들어갔다. 마침 재봉사가 출장 간 때여서 그의 딸인 바느질 처녀와 만나게 되었다. 우리는 바느질 처녀에게 뤄의 바지 길이를 오 센티미터 정도 늘여달라고 했다. 제대로 먹지도 못하고 암담한 미래 때문에 불면에 시달리면서도 뤄의 키는 하루가 다르게 쑥쑥 자라고 있었다.

뤄는 바느질 처녀에게 자신을 소개하면서, 안개비 속에서 그녀의 아버지와 맞닥뜨렸던 얘기를 들려주었다. 그러면서 그는 재봉사가 심술 궂게 과장해서 외치던 말투까지 고대로 흉내냈다. 그 흉내에 바느질 처녀는 깔깔대고 웃었다. 성대모사의 재주는 뤄의 집안 내림이었다.

나는 웃고 있는 그녀의 두 눈에서 우리 마을 처녀들의 눈과 똑같은 순박함을 발견했다. 그녀의 눈은 천연보석과 자연 금속의 광채를 띠었는데, 긴 속눈썹과 약간 위로 치켜올라간 눈초리 때문에 그 효과가 더욱 두드러져 보였다.

"우리 아버지를 너무 나쁘게 생각하지 말아줘."

그녀가 우리에게 말했다.

"그분은 늙은 개구쟁이시거든."

갑자기 안색이 흐려지면서 그녀는 눈을 내리깔았다. 그러고는 손톱으로 재봉틀 작업대를 긁적거렸다.

"어머니가 너무 일찍 돌아가셨어. 그래서 장난을 치는 걸 낙으로 삼은 것뿐이야."

볕에 그을린 그녀의 얼굴은 윤곽이 또렷하고 기품이 있어 보였다. 그 관능적이면서 아름다운 이목구비 때문에 그 자리에 눌러앉아 그녀가 상하이제 재봉틀 페달을 밟는 모습을 지켜보고 싶은 욕망을 억누를 수 없을 정도였다.

그 방은 점포이며 작업실이자 식당으로 쓰였고 마루는 지저분했다. 손님들이 뱉은 침이 누렇거나 검은 자국으로 군데군데 그대로 남아 있는 것으로 봐서 청소를 매일같이 하지 않는 모양이었다. 방 한가운데를 가로지르는 긴 줄에는 옷걸이마다 완성된 옷이 걸려 있었다. 한옆에는 둘둘 만 옷감 뭉치도 보였다. 구석구석 쌓인 옷가지들은 개미들로 우글거렸다. 그곳은 미적인 배려가 완전히 결여된 무질서와 느긋함이 가득했다. 나는 탁자에 놓인 책을 보고, 까막눈들이 사는 깊은 산골에 책이 있다는 사실에 깜짝 놀랐다. 정말이지 너무나 오랫동안 책이라곤 만져본 적이 없었던 것이다. 그러나 그쪽으로 가본 나는 곧 실망하고 말았다. 그것은 염색공장에서 발행한 옷감 카탈로그였던 것이다.

"글을 읽을 줄 아니?"

내가 그녀에게 물었다.

"조금은 읽을 수 있어."

그녀는 스스럼 없이 대답했다.

"하지만 나를 저능아 취급하지는 마. 난 도시의 젊은이들이나 글을 읽고 쓸 줄 아는 사람들과 얘기하는 걸 좋아하니까. 눈치 채지 못했니? 처음 너희들이 우리 집에 들어왔을 때 개가 짖지 않았잖아. 그건 그 개가 내 취향을 알고 있기 때문이야."

그녀는 우리가 바로 떠나기를 원치 않는 것 같았다. 이윽고 그녀가 의자에서 일어나더니 방 한복판에 놓인 무쇠난로에 불을 붙이곤 냄비를 올려놓고 물을 부었다. 그녀의 움직임을 빠짐없이 지켜보고 있던 뤄가 물었다.

"뭘 주려고? 차를 끓이는 거야, 아니면 물을 끓이는 거야?"

"물을 끓이는 거야."

그건 그녀가 우리를 아주 좋아한다는 의미였다. 이 깊은 산골에서 누군가 찾아왔을 때 물을 끓이면 그것은 끓는 물에 달걀과 설탕을 넣어 죽을 만들어 대접하겠다는 뜻이었다.

뤄는 그녀에게 말했다.

"너하고 나, 우리 두 사람에게 공통점이 있는 거 알아?"

"우리 둘에게 공통점이 있다고?"

"그래, 내기할까?"

"무슨 내기를 하자는 거야?"

"뭐든 네가 원하는 것으로 해. 난 우리에게 공통점이 있다는 걸 증명할 수 있으니까 말이야."

그녀는 잠시 곰곰이 생각해보더니 말했다.

"내가 지면 네 바지를 공짜로 늘여줄게."

"좋아. 이제 왼쪽 신발과 양말을 벗어봐."

그녀는 잠시 망설이더니 호기심 어린 표정으로 양말을 벗었다. 그녀보다 더 수줍지만 아주 육감적인

발이 먼저 아주 고운 선을, 이어서 아름다운 발목과 반짝이는 발톱을 드러내며 나타났다. 볕에 그을린 작은 발등에 푸르스름한 정맥이 희미하게 내비쳐 보였다.

뤄가 그 발 옆에 자신의 더럽고 시커멓고 뼈만 앙상한 발을 나란히 놓았다. 나는 두 발의 닮은 점을 분명히 알아볼 수 있었다. 두 사람 모두 둘째발가락이 더 길었던 것이다.

*

돌아가는 길이 멀었기 때문에 우리는 밤이 되기 전에 마을로 돌아가기 위해 오후 세 시쯤 그 집을 나왔다.

산길을 걸으며 나는 뤄에게 물었다.

"그애가 마음에 들어?"

뤄는 바로 대답하지 않고 고개를 숙인 채 묵묵히 걷기만 했다.

"너 그애에게 반했구나?"

내가 다시 물었다.

"아직 개화가 덜 됐어. 아무튼 나한테 썩 어울리는 여자는 아냐!"

칠흑같이 어둡고 비좁은 갱도 속에 희미한 빛이 가물거렸다. 간혹 반짝거리는 작은 점이 흔들리다 바닥으로 떨어졌다가 다시 균형을 잡고 앞으로 나아갔다. 갱도가 갑자기 내리막을 이룰 때는 희미한 빛이 오랫동안 사라져버리곤 했다. 그러면 돌투성이의 땅바닥 위로 무거운 바구니를 질질 끄는 소리, 누군가가 안간힘을 쓰는 광부들에게 내지르는 으르렁거리는 소리밖에 들리지 않았는데, 그 소리들은 캄캄한 어둠 속에서 아주 멀리까지 메아리가 되어 울려 퍼지곤 했다.

그러다 갑자기 어디선가 나타난 희미한 빛은 흡사 어둠이 삼켜버린 짐승의 눈알처럼 악몽과도 같은 굴속을 흔들거리며 나아가곤 했다.

뤄는 가죽끈으로 남포를 이마에 고정시킨 채 작은 탄광에서 일하고 있었다. 갱도의 천장이 너무 낮아서 기어갈 수밖에 없었다. 발가벗은 그는 가죽띠를 살을 파고들 정도로 꽉 묶고 있었다. 그 끔찍한 도구들을 갖춘 채 그는 무연탄 덩어리가 잔뜩 실린 배 모양의 커다란 바구니를 끌고 있었다.

뤄가 내가 있는 곳까지 오면 우리는 서로 교대했다. 나 역시 홀딱 벗은 채 온몸에 석탄칠을 하고 무거운 바구니를 끙끙거리며 밀었다. 갱도의 출구까지 가려면 비탈길을 한참 올라가야 했는데, 입구가 너무 높아서 내가 터널에서 빠져나올 수 있도록 뤄가 나를 밀어올려주어야 했다. 그런 다음에는 바구니 속의 내용물을 바깥에 쌓인 석탄 더미에 쏟아부었다. 그러고 나면 완전히 녹초가 된 우리는 구름처럼 피어오르는 석탄가루 속에 그대로 벌렁 드러눕곤 했다.

앞에서도 말했듯이, '하늘긴꼬리닭' 산은 예전에는 동광이 많기로 유명했다(그 광산들은 공식적으로는 중국 최초의 동성애자였던 황제가 연인에게 선물로 주고 나서 중국 역사에 그 이름을 기록하는 영광을 얻었다). 그러나 오래전에 폐광된 그 광산들은 이제 폐허나 다름없었다. 언제든지 채굴할 수 있는 수공업 규모의

42

작은 탄광들은 그 지역 모든 산골에 연료를 제공하는 공동재산이었다. 그래서 뤄와 나는 도회지에서 온 다른 젊은이들과 마찬가지로 재교육의 일환인 두 달 간의 그 과정을 면할 수 없었다. '구전영화 상영' 분야에서 우리가 이룬 성공도 그 기일을 줄이거나 늦추지 못했다.

솔직히 말해서, 도시로 돌아갈 가능성이 3퍼밀밖에 되지 않는데도 불구하고 우리는 '경쟁에서 떨어져서는 안 된다'는 생각에서 지옥과도 같은 시련을 통과할 수밖에 없었다. 우리는 그 광산이 우리의 육체는 물론이고, 특히 정신에 영원히 지워지지 않을 흔적을 남기리라고는 상상도 하지 않았다. 지금도 '작은 탄광'이라는 끔찍한 단어를 떠올리기만 해도 나는 두려움에 휩싸인다.

굵은 통나무들로 만든 들보와 기둥들이 낮은 천장 구실을 하는 이십 미터짜리 원통형 석재를 받치고 있는 입구를 제외하면, 갱도의 나머지 부분, 다시 말해서 칠백 미터를 넘는 통로는 무방비상태나 다름없었다. 언제라도 머리 위로 돌이 무너져 내릴 위험이 있었다. 광맥의 벽을 굴착하는 나이 든 광부 세 사람은 걸핏하면, 우리가 오기 전에 일어났던 인명사고들에 대해 이야기했다.

깊은 갱도에서 나오는 바구니가 우리에게는 바퀴 달린 의자 노릇을 해주었다.

어느 날, 평소처럼 석탄을 잔뜩 실은 바구니를 밀면서 긴 비탈길을 올라가는 중에 옆에서 뤄가 중얼거리는 소리가 들렸다.

"여기 있게 되면서부터 왠지 모르지만 내가 이 광산에서 죽을 것 같은 느낌이 들어."

나는 그 말에 말문이 막혔다. 그러면서도 우리는 걸음을 멈추지는 않았지만, 나는 갑자기 식은땀에 흠뻑 젖는 느낌이었다. 그 순간부터 나는 여기서 죽으리라는 그의 두려움에 전염되고 말았다.

우리는 산중턱을 등진 채 불쑥 튀어나온 바위투성이의 산마루 밑에 지어진 누추한 오두막집에서 농부 겸 광부들과 함께 기거했다. 아침에 눈을 뜰 때마다 나는 바위에서 나무껍질을 이어 만든 지붕 위로 똑똑 떨어지는 물방울 소리를 듣고 내가 아직 살아 있구나 하면서 안도하곤 했다. 그러나 오두막집을 나설 때마다 저녁에 그곳으로 다시 돌아오리라는 확신이 들지 않았다. 농부들의 터무니없는 말 한마디, 으스스한 농담, 날씨의 변화 같은 사소한 일들도 중요한 의미를 띤 것처럼 여겨지고 나의 죽음을 예고하는 전조처럼 보였다.

이따금, 일을 하는 중에도 환상에 사로잡히는 일이 일어났다. 갑자기 무른 땅 위를 걸어가는 듯한 느낌이 들면서 숨쉬기가 힘들어지고, 죽어가는 사람들이 말하는 것처럼 어린 시절이 주마등처럼 뇌리를 스쳐 지나가는 느낌이 들면서, 이런 게 바로 죽는 거구나 하는 생각이 들곤 했다. 밑에서는 발을 뗄 때마다 고무처럼 물렁물렁한 그 땅이 기지개를 켜기 시작했고, 이어서 머리 위에서는 마치 천장이 무너져 내리는 듯 귀를 째는 듯한 소리가 울렸다. 미치광이처럼 기어다니는 동안에 어둠 속에서 어머니의 얼굴이 나타났다가 곧이어 아버지의 얼굴이 나타났다. 그 은밀한 환영은 잠깐 동안 계속되다가 사라졌고, 나는 발가벗은 채 광산의 갱도 안에서 출구를 향해 바구니를 밀어올렸다. 땅바닥을 응시하던 내 눈에는 흔들거리는 남포 불빛 밑에서 살겠다는 의욕에 떠밀려, 천천히 기어가는 불쌍한 개미 한 마리가 보였다.

셋째 주의 어느 날, 빛이라곤 보이지도 않는 갱도 안에서 누군가의 울음소리가 들렸다.

그건 감정에 복받친 흐느낌이나, 다친 사람의 고통스러운 신음소리가 아니라 어둠 속에서 뜨거운 눈물을 쏟는 걷잡을 수 없는 울음이었다. 벽에 부딪혀 되돌아나온 그 울음소리는 깊은 갱도 속을 돌며 응

45

축되고는 마침내 긴 메아리로 변하여 칠흑 같은 어둠의 일부가 되었다. 그 울음소리의 주인공은 뤄가 틀림없었다.

여섯째 주가 지났을 때 뤄는 병에 걸렸다. 말라리아였다. 어느 날 정오, 우리가 광산 입구의 맞은편 나무 밑에서 점심을 먹고 있을 때 그는 춥다고 말했다. 그리고 몇 분이 지나자 그의 손이 젓가락과 밥공기도 잡을 수 없을 정도로 부들부들 떨리기 시작했다. 침대에 누우려고 숙소로 향하는 뤄의 발걸음이 비틀거렸다. 그의 눈빛은 흐렸고, 오두막의 활짝 열린 대문 앞에서 보이지 않는 누군가에게 자기를 들어가게 해달라고 외쳤다. 나무 밑에서 점심을 먹던 광부들이 그 장면을 보고 웃음을 터뜨렸다.

"저 친구, 지금 누구한테 말하는 거야? 아무도 없는데."

그들이 말했다.

그날 밤, 이불 몇 개를 덮고 큼직한 석탄난로를 활활 피워놓았음에도 뤄는 점점 더 추워진다고 하소연했다.

광부들은 나지막한 소리로 한참 동안 의논을 했다. 뤄를 강가로 데려가 찬 물속에 집어넣자는 의견이 나왔다. 그 충격이 병에 특효가 있을 거라는 것이

46

었다. 하지만 한밤중에 그런 짓을 했다가는 익사라도 할까봐 겁이 났기 때문에 그 제안은 부결됐다.

광부 중 하나가 밖에 나가더니 나뭇가지 두 개를 들고 들어왔다. 그는 하나는 복숭아나무 가지이고 다른 하나는 버드나무 가지라면서, 이런 병에는 특효라고 설명했다. 그러더니 뤄의 몸을 일으키고는 옷을 모두 벗긴 다음, 나뭇가지로 등짝을 후려쳤다.

"더 세게 쳐야 해!"

사람들이 옆에서 외쳤다.

"그렇게 약하게 때리면 병을 쫓아내지 못한다구."

나뭇가지 둘을 번갈아 내리치느라 가지가 공중에서 부딪히기도 했다. 끔찍한 매질이 뤄의 피부에 검붉은 고랑을 냈다. 뤄는 잠에서 깨어났지만 마치 꿈속에서 누군가 다른 사람을 때리는 광경을 보는 사람처럼 혹독한 이 매질에도 아무 반응을 보이지 않았다. 그가 머릿속으로 무슨 생각을 하는지는 몰랐지만 나는 겁이 났다. 살이 찢어지는 듯한 매질 속에서 뤄가 몇 주 전 갱도에서 했던 말이 귓전에 울렸다.

'아무래도 이 광산에서 죽을 것 같은 느낌이야.'

매질을 하던 사람이 지쳐서 다른 사람보고 교대를 하자고 했지만 아무도 나서지 않았다. 졸음에 겨운 광부들은 침대로 올라가 자고 싶어했다. 그래서 복숭아가지와 버들가지가 내 손으로 넘어왔다. 그때 뤼가 고개를 쳐들었다. 얼굴은 창백했고 이마에는 땀방울이 송글송글 맺혀 있었다. 그의 멍한 눈길과 내 눈길이 마주쳤다.

"어서 때려줘."

그가 들릴 듯 말 듯한 목소리로 말했다.

"이제 좀 쉬지 않을래? 넌 손을 떨고 있어. 모르겠니?"

내가 물었다.

"모르겠어."

뤼는 눈앞에 자기 손을 들어올려 자세히 살펴보면서 말했다.

"그래, 마치 죽어가는 노인처럼 온몸이 떨리는데다 지독하게 추워."

나는 주머니 속에서 담배꽁초를 찾아 불을 붙인 후 그에게 내주었다. 그러나 담배는 곧 그의 손가락에서 바닥으로 떨어졌다.

"빌어먹을! 담배가 너무 무거워서 들 수가 없어."

그가 말했다.

"정말로 내가 때려주기를 바래?"

"응, 그렇게 하면 몸이 따뜻해질 것 같아."

나는 그를 때리기 전에 먼저 담배부터 한 모금 빨

게 해주고 싶었다. 내가 허리를 숙여 아직 꺼지지 않은 꽁초를 줍는데 문득 하얀 물체가 눈에 띄었다. 침대 발치에 편지봉투 하나가 떨어져 있었다.

주워보니, 뜯지 않은 봉투에 뤄의 이름이 적혀 있었다. 나는 광부들에게 그 편지가 어디서 왔느냐고 물어보았다. 한 사람이 침대에 누운 채로, 몇 시간 전에 석탄을 사러온 한 남자가 놓고 간 거라고 대답했다.

나는 겉봉을 뜯었다. 한 장을 가까스로 채운 편지는 연필로 쓴 것이었는데, 어떤 때는 촘촘했다가 어떤 때는 엉성한 필체로 적혀 있었다. 잘 쓴 글씨는 아니었지만 어설픈 글씨에서는 여성적인 부드러움과 아이다운 천진함 같은 것이 풍겨나왔다. 나는 뤄에게 편지를 천천히 읽어주었다.

영화 이야기꾼 뤄에게

내 글씨를 비웃지 마. 난 너처럼 중학교에 가서 공부한 적이 없으니까 말이야. 우리 산골에서 제일 가까운 중학교는 용징에 있고, 그곳에 가려면 이틀이 걸린다는 것은 이미 너도 알 거야. 아버지가 나한테 읽고 쓰는 걸 가르쳐주셨어. 초등학교를 졸업한 정도로 생각하면 돼.

네가 친구와 함께 영화 이야기를 기막히게 들려준다는 얘기를 최근에 들었어. 우리 마을의 촌장 어른에게 가서 그 얘기를 했더니 이틀 동안 너희들을 대신해서 일할 농부 두 사람을 그 광산으로 보낸다고 하셨어. 그러니까 너희들은 영화를 이야기로 들려주러 우리 마을로 오게 될 거야.

내가 직접 그 소식을 전하러 광산으로 가고 싶었지만, 그곳에서는 남자들이 옷을 홀딱 벗고 있어서 처녀들에게는 금지된 곳이라고 사람들이 말했어.

광산에서 일할 생각을 하다니 너의 용기에 감탄해. 광산이 무너지지 않기만 바랄 뿐이야. 너희들에게 이틀 간의 휴식을 얻어주었으니까 이틀 동안은 위험으로부터 벗어날 수 있겠지.

다시 보자. 네 친구 바이올린 연주자에게도 인사 전해줘.

1972년 7월 8일
바느질 처녀

편지를 다 쓰고 났을 때 문득 한 가지 재미있는 것이 생각났어. 너희들이 다녀간 뒤로 우리처럼 엄지발가락보다 둘째발가락이 더 긴 사람을 여러 명 보았어. 그 때문에 약간 실망했지만, 인생이란 게 그렇지 뭐.

우리는 〈꽃 파는 처녀〉를 이야기해주기로 결정했다.

용징의 농구장에서 우리가 보았던 세 편의 영화 중에서 가장 인기 있는 작품은 북한의 신파극으로, 주인공 이름이 '꽃 파는 처녀'였다. 우리 마을 사람들에게도 그 영화를 이야기로 들려주었고, 영화가 끝나는 순간에 나는 일부러 목구멍을 약간 진동시켜서 감정적이고 비장한 변사를 흉내내는 것처럼 마지막 대사를 발음했다.

"정성이 지극하면 돌 위에도 풀이 난다는 속담이 있는데, 꽃 파는 처녀가 들인 정성은 충분하지 않았단 말입니까?"

그 효과는 영화관에서만큼이나 컸다. 이야기를 듣던 청중들 모두 눈물을 흘렸고, 그토록 매정하게 굴던 촌장마저 핏멍울 세 개가 맺힌 왼쪽 눈으로 감동의 눈물을 줄줄 흘렸었다.

또다시 열이 나는데도 불구하고 신바람이 난 뤄는 자기가 회복기에 있다고 주장하며 나와 함께 의기양양하게 재봉사의 마을로 향했다.

가는 길에는 햇살이 쨍쨍 내리쬐는데도 뤄는 또다시 춥다고 했다. 나는 나뭇가지와 낙엽을 모아 불을 피웠다. 뤄는 추위가 가시기는커녕 불가에 앉아서도 온몸을 덜덜 떨어댔다.

"길이나 계속 가자."

얼마 후 그가 일어서면서 말했다(그 말을 할 때 이가 딱딱 맞부딪치는 소리가 났다).

산길을 따라가는데 계곡을 흐르는 급류 소리와 원숭이들이나 다른 들짐승들의 울음소리가 들려왔다. 한기와 열기를 번갈아 느끼던 뤄는 점점 더 견디기 힘들어했다. 발 밑으로 까마득하게 펼쳐진 절벽을 향해(그의 발걸음에 무너진 흙덩이들이 절벽 바닥에 닿는 소리가 들릴 때까지 한참을 기다려야 할 정도였다) 뤄가 비틀비틀 걸어가는 걸 본 나는 그를 붙잡아 바위에 앉히고는 열이 떨어지기를 기다렸다.

바느질 처녀의 집에 도착했을 때는 마침 다행스럽게도 그녀의 아버지가 출장 중이었다. 검둥개는 지난번처럼 짖지 않고 우리의 냄새를 맡았다.

빨간 과일보다 더 붉게 상기된 얼굴로 들어서던 뤄는 열 때문에 헛소리까지 하고 있었다. 뤄가 말라리아에 걸려 그토록 초췌한 몰골이 된 것을 본 그녀는 몹시 분개했다. 그녀는 즉시 '구전영화 상영' 계획을 취소시키고는 하얀 모기장이 쳐진 자기 침대에 뤄를 눕혔다. 바느질 처녀는 길게 땋은 머리를 둘둘 감아서 틀어올렸다. 그러고는 장밋빛 신발을 벗고 맨발로 뛰어나가며 내게 외쳤다.

"따라와 봐. 이 병의 특효약을 알고 있으니까."

그 약초는 마을에서 그리 멀지 않은 냇가에 있었
는데, 흔히 보는 식물이었다. 약 삼십 센티미터쯤 되
는 자그마한 관목의 복숭아꽃처럼 생긴 꽃잎들이 깊
고 맑은 냇물에 장밋빛을 드리우고 있었다. 그 식물
에서 약효가 있는 부분은 오리발처럼 생긴 각지고
뾰족한 이파리였다. 바느질 처녀는 그 이파리를 잔
뜩 땄다.

"이 약초 이름이 뭐야?"

내가 그녀에게 물었다.

"'사금파리조각'이라는 거야."

그녀는 하얀 돌그릇에 이파리를 넣고 찧었다. 이
파리들이 시퍼런 반죽처럼 되자, 그녀는 뤄의 왼쪽
손목에 반죽을 붙였다. 뤄는 여전히 헛소리를 하고
있었지만 어느 정도 생각은 할 수 있는 상태였다. 뤄
는 그녀가 하얀 아마포로 자신의 손목을 감도록 내
맡겼다.

저녁 무렵, 호흡이 차츰차츰 진정되면서 뤄는 잠
이 들었다.

"이런 일을 믿어?"

그녀가 망설이는 목소리로 물었다.

"이런 일이라니?"

"초자연적인 힘 말이야."

"믿을 때도 있고 안 믿을 때도 있어."

"내가 고발할까봐 두려워서 그러는 거야?"

"그건 아냐."

"그러면?"

"완전히 믿을 수도, 전적으로 부인할 수도 없다는 게 내 생각이야."

그녀는 내 말에 만족한 것 같았다. 그녀는 뤄가 잠든 침대 쪽을 흘끗 쳐다보더니 내게 물었다.

"뤄의 아버지는 어떤 종교를 믿지? 불교신자야?"

"몰라. 하지만 그분은 훌륭한 치과의사야."

"치과의사가 뭐야?"

"치과의사가 뭔지 몰라? 이를 치료하는 의사 말이야."

"그거 농담 아니지? 뤄의 아버지가 이빨 사이에 숨어서 아프게 만드는 벌레를 없앨 수 있다는 거야?"

"그래, 바로 그거야."

나는 웃지 않고 대답했다. 그러곤 이렇게 말했다.

"아무에게도 말하지 않겠다고 맹세하면 너한테 한 가지 비밀을 얘기해줄게."

"맹세해……."

"뤄의 아버지는 마오 주석의 이를 파먹는 벌레를 없애주신 분이야."

내가 목소리를 낮춰서 말했다.

그녀는 잠시 경의를 표하는 듯 침묵을 지키더니 내게 물었다.

"내가 당신의 아들을 보살피기 위해서 오늘밤 무당들을 부른다면, 그분이 화를 내시지 않을까?"

자정 무렵, 검정색과 파란색 긴 치마에, 머리에는 꽃을 꽂고 팔목에는 옥팔찌를 차고 각각 다른 세 마을에서 온, 네 명의 늙은 무당이 여전히 편치 못한 잠에 빠진 뤄의 주위에 모였다. 무당들은 침대의 네 모서리에 하나씩 앉아 모기장 안의 뤄를 지켰다. 그들 중 누가 더, 악귀도 겁먹을 만큼 쭈글쭈글하고 못생겼는지 판단할 수 없을 정도였다.

네 사람 중에서 가장 왜소한 무당은 손에 활과 화살을 들고 있었다. 그 무당이 내게 말했다.

"네 친구를 병에 걸리게 만든 광산 악귀가 오늘밤에는 감히 이곳에 오지 못할 거야. 내 활은 티베트산이고 이 화살에는 은침이 박혀 있지. 내가 화살을 쏘면 피리 소리를 내며 날아가 악귀의 심장을 뚫어버릴 거야. 제아무리 힘센 악귀도 내 화살은 피하지 못해."

그러나 무당의 나이가 워낙 많은데다 한밤중이어서 굿이 제대로 진행되지 못했다. 무당들이 하품을 하기 시작했다. 우리의 여주인이 진한 차를 내주었는데도 불구하고 무당들은 졸기 시작했다. 활을 갖고 있던 무당까지 무기를 침대에 떨군 채 잠들어버렸다. 잔뜩 화장한 무당의 눈꺼풀은 맥없이 감겨 있었다.

"무당들을 깨워서 영화 이야기를 들려줘."

그녀가 내게 말했다.

"어떤 영화 말이야?"

"아무거나 상관없어. 잠들지 않게만 하면 되니까."

그래서 나는 내 인생에서 가장 기묘한 일을 시작했다. 첩첩산중에 있는 외딴 마을, 남폿불이 깜박이는 방 안에서 내 친구가 가수면 상태에 빠진 침대 앞에 앉은 채 나는 젊고 예쁜 처녀 하나와 늙고 못생긴 무당 넷을 앞에 놓고 북한영화를 이야기로 들려주었던 것이다.

나는 이야기를 시작했다. 얼마 지나지 않아서 그 가련한 '꽃 파는 처녀'의 이야기는 무당들의 마음을 사로잡기 시작했다. 노파들은 때론 질문을 던지기까지 하면서 이야기가 전개될수록 눈을 점점 더 말똥말똥하게 떴다.

그러나 뤄와 함께 이야기할 때와 같은 기적은 일어나지 않았다. 나는 타고난 이야기꾼이 아니었다. 나는 뤄가 아니었다. 반 시간쯤 지나서 가까스로 돈을 구한 '꽃 파는 처녀'가 병원으로 달려갔으나 처녀의 어머니는 애타게 딸을 찾다가 죽고 만다. 그 장면이 영화의 절정이었다. 영화관에서도 그랬지만 우리 마을에서도 우리가 그 장면을 이야기할 때면 사람들은 그 순간에 눈물을 흘렸던 것이다. 어쩌면 무당이 여느 사람들과 다르기 때문일지도 몰랐다. 노파들은 감동한 눈빛으로 내 이야기에 귀를 기울여주었고 나는 작은 전율이 그들의 등골을 스쳐가는 것을 느낄 수 있었지만, 무당들은 눈물을 흘리지 않았다.

실망한 나는 처녀의 떨리는 손과 손가락 사이에서 미끄러져 떨어지는 지폐를 자세히 묘사했다……. 그러나 노파들은 여전히 울지 않았다.

그 순간 갑자기 하얀 모기장 안에서 무슨 소리가 들렸다. 흡사 깊은 우물 속에서 나는 소리 같았다. 뤄의 떨리는 목소리였다.

"정성이 지극하면 돌에서도 풀이 난다는 속담도 있는데, 꽃 파는 처녀가 들인 정성은 충분하지 않았단 말입니까?"

나는 뤄가 갑자기 잠에서 깬 것보다는 그가 영화

의 마지막 대사를 너무 일찍 내뱉었다는 사실에 놀
랐다. 하지만 그 순간 놀라운 일이 벌어졌다! 늙은
무당 네 사람 모두가 울고 있는 게 아닌가! 그들의
눈에서 눈물이 솟아오르더니 둑이 한꺼번에 무너지
듯, 주름이 자글자글한 얼굴 위로 급류처럼 흘러내
렸다.

뤄는 실로 얼마나 뛰어난 이야기꾼인가! 급성말라
리아에 걸려 사경을 헤매는 와중에서도 그는 단순히
무성의 대사가 나오는 순서를 바꾸는 것만으로도 청
중의 마음을 움직이게 할 수 있었다.

이야기가 전개됨에 따라 나는 바느질 처녀의 마음
에 어떤 변화가 일어나는 느낌이 들었다. 그녀의 머
리는 이제 길게 땋은 대로가 아니라 모두 풀어헤쳐
진 채 숱 많은 머리카락이 폭포처럼 탐스럽게 어깨
위로 흘러내렸다. 나는 그것이 뤄가 열에 뜬 손을 모
기장 밖으로 내밀어 만들어놓은 것임을 짐작할 수
있었다. 갑자기 한 줄기 바람에 남포 불꽃이 흔들리
다 꺼지는 순간, 나는 그녀가 모기장 한쪽 자락을 들
추며 어둠 속에 누운 뤄에게로 몸을 숙이고 아무도
모르게 입을 맞추는 것을 보았다.

무당 하나가 남포에 불을 붙였고, 나는 다시 북한
처녀의 이야기를 이어갔다.

그러는 중에도 노파들의 콧구멍에서는 콧물이 흐
르고 코 푸는 소리와 한데 섞인 울먹임은 그치지 않
았다.

말해봐, 하찮은 부르주아들이

두려워하는 것은 뭐지?

'안경잡이'한테는 비밀가방이 하나 있었는데, 그
는 우리에게 그 사실을 감쪽같이 숨기고 있었다.

그는 우리의 친구였다(앞에서 '안경잡이'의 집으로
가던 길에 바느질 처녀의 아버지와 만났던 장면에서 이미
그에 대한 언급을 한 적이 있다). 그가 재교육을 받고
있는 마을은 '하늘긴꼬리닭' 산의 중턱에 자리잡은
우리 마을보다 더 낮은 지대에 있었다. 뤼와 나는 고
깃덩어리와 술이 생기거나 야채 서리에 성공할 때면
종종 그의 집에 가서 음식을 만들어 먹곤 했다. 마치
똘똘 뭉친 삼총사처럼 우리는 무엇이든지 항상 그와
함께했다. 그래서 그가 그런 가방의 존재를 숨기고
있었다는 것은 그만큼 더 우리를 놀라게 했다.

그의 가족은 우리 부모와 같은 도시에 살았다. 그의 아버지는 작가이고 어머니는 시인이었다. 최근에 그의 부모가 정부로부터 미움을 받게 되면서 그들의 사랑하는 아들 역시 뤄와 나보다 더도 덜도 아닌 '가능성 3퍼밀'의 운명 속에 팽개쳐지고 말았다. 부모 때문에 절망적인 상황에 빠지고 만 열여덟 살의 '안경잡이'는 늘 두려움 속에서 살았다.

'안경잡이'와 함께 있으면 모든 일이 위험해 보였다. 그의 집 남폿불 주위에 모여 있을 때면 우리 셋이 무슨 음모를 꾸미는 범죄자라도 된 느낌이 들곤 했다. 먹는 일을 한번 예로 들어보자. 굶주린 우리 셋이 직접 요리한 고기를 굽는 냄새와 연기에 싸여 향락적인 쾌락에 잠겨 있을 때 누군가 문을 두드리기라도 하면 언제나 그는 과민하리만큼 공포심을 내보였다. 그는 자리에서 벌떡 일어나면서 마치 훔친 물건이라도 되듯 고기 접시를 부리나케 한구석에 숨겨놓고는, 폭삭 썩어서 거품까지 이는 채소 접시로 바꿔놓곤 했다. '안경잡이'에게는 고기를 먹는다는 행위가 자신의 가족이 속한 부르주아계급이 저지른 범죄처럼 여겨졌던 것이다.

네 명의 무당에게 구전영화를 상영하고 난 다음 날, 상태가 약간 나아진 뤄는 마을로 돌아가고 싶어했다. 바느질 처녀가 한사코 우리를 붙잡지 않는 것을 보고 나는 그녀도 지친 모양이라고 생각했다.

아침을 먹고 나서 뤄와 나는 단둘이 길을 떠났다. 축축한 아침 공기가 달아오른 얼굴에 닿자 한결 상쾌한 느낌이 들었다. 뤄는 길을 걸으면서 담배를 피웠다. 완만한 내리막길이 오르막길로 바뀌어 경사가 가팔라지자, 나는 아직 환자인 뤄의 손을 잡아주었다. 땅은 무르고 축축했으며 머리 위로는 나뭇가지들이 뒤엉켜 있었다. '안경잡이'가 사는 마을 앞을 지날 때 논에서 일하는 그의 모습이 보였다. 그는 물소가 끄는 쟁기로 흙을 갈고 있었다.

논물이 오십 센티미터 깊이로 기름진 진흙을 덮고 있어서 논에 낸 고랑은 보이지 않았다. 무릎까지 차오르는 진창에서 윗옷을 벗어젖힌 채 반바지를 입은 우리의 농부는 쟁기를 힘겹게 끌고 가는 검은 물소의 뒤를 따라가고 있었다. 눈부신 햇살이 그의 안경에 반사되었다.

물소의 몸집은 보통 정도였는데, 마치 미숙한 주인의 얼굴에 일부러 진흙과 오물을 튀기려는 듯 걸음을 떼어놓을 때마다 지나칠 정도로 긴 꼬리를 휘저어대곤 했다. 물소 꼬리의 공격을 피하려고 애를 썼음에도 불구하고 '안경잡이'가 잠깐 방심하는 틈

65

에 얼굴을 정통으로 얻어맞으면서 안경이 허공으로 날아갔다. 욕을 내뱉는 '안경잡이'의 오른손에 잡혀 있던 고삐와 왼손에 잡혀 있던 쟁기가 빠져나갔다. 그는 두 손으로 눈을 가리며 비명을 질렀으며, 갑자기 눈앞이 보이지 않자 몹시 충격을 받은 듯 상스럽기 짝이 없는 욕설을 퍼부어댔다.

'안경잡이'는 몹시 화가 난 상태여서 그를 발견한 우리가 너무 반가운 나머지 외치는 소리도 듣지 못했다. 그는 지독한 근시여서 아무리 눈을 크게 떠도 기껏해야 이십 미터쯤 떨어져 있는 우리를 알아보지 못했으며, 바로 옆 논에서 일하다 말고 그 광경을 쳐다보는 농부들과 우리를 구별하지도 못했다.

'안경잡이'는 허리를 숙이고 물속에 두 손을 넣은 채 진창을 마구 더듬었다. 마치 부은 것처럼 튀어나온 그의 눈은 사람의 눈 같지 않고 무서워 보였다.

'안경잡이'가 물소의 가학욕구를 자극한 것이 분명했다. 물소는 쟁기를 질질 끌면서 지나갔던 길을 되돌아왔다. 마치 물속에 떨어진 안경을 짓밟거나 쟁기의 날카로운 보습으로 박살낼 생각이라도 한 듯이.

나는 환자를 길가에 앉혀놓은 다음, 신발을 벗고 바짓자락을 걷어올린 채 논으로 들어갔다. '안경잡이'가 나보고 안경을 찾아달라고 부탁했던 것도 아닌데 나는 진창을 더듬어 안경을 찾았다. 다행히도 안경은 깨지지 않았다.

바깥세상이 다시 선명하게 눈에 들어오자, '안경잡이'는 말라리아에 걸린 뤄를 보고 깜짝 놀랐다.

"이런! 너 이러다 큰일 나!"

그가 뤄에게 말했다.

'안경잡이'는 하던 일을 중단할 수 없으니까 자기가 돌아올 때까지 자기 집에 가서 쉬고 있으라고 우리에게 말했다.

'안경잡이'의 집은 마을 중심지에 있었다. 그에겐 개인 소지품이랄 것이 거의 없었으며, 자기가 혁명 농민들을 전적으로 신뢰한다는 걸 보여주기 위해 일부러 대문을 잠그지 않았다. 예전에 곡식창고로 쓰였던 그 집은 우리 집처럼 말뚝 위에 세워졌지만, 굵직한 대나무로 엮은 평상이 있어서 곡식이나 야채, 고추 따위를 말렸다. 뤄와 나는 평상에 앉아 볕을 쬐었다. 이윽고 해가 사라지자 뤄가 추워하기 시작했다. 땀이 마르면서 야윈 등허리와 팔다리가 얼음장같이 차가워졌다. 나는 '안경잡이'의 낡은 스웨터를 찾아내서 뤄의 등에 둘러주고는 소매를 목도리처럼 목에 감아주었다.

해가 다시 나타났는데도 뤄는 여전히 춥다고 호소

했다. 나는 방에 들어가 이불을 들고 나오려다 문득 스웨터가 좀더 있는지 찾아봐야겠다는 생각이 들었다. 침대 밑을 보니 잡동사니를 넣는 상자가 하나 있었다. 포장용으로 쓰이는 허름한 상자는 크기는 여행가방만 하지만 속은 꽤 깊었다. 상자 위에는 진흙 투성이의 꼬질꼬질한 농구화며 운동화 몇 켤레가 쌓여 있었다.

뿌옇게 먼지가 일어나는 햇살 속에서 뚜껑을 열어 보니 상자 안에 옷가지가 가득 들어 있었다.

뤼의 수척한 몸에 맞을 만한 작은 스웨터를 찾아 뒤적이던 내 손끝에 뭔가 보드랍고 매끄러운 물체가 닿았다. 한순간 그것이 사슴가죽으로 만든 여자구두일 거라는 생각이 들었다.

그러나 그건 틀린 생각이었다. 햇살에 반짝이는 것은 비록 가죽은 낡았지만 세련된 디자인의 가방이었다. 가방에서는 아련하게 문명의 냄새가 풍겼다.

가방에는 모두 세 곳이나 자물쇠가 채워져 있었다. 가방 크기에 비하면 의외로 무거웠는데, 그 안에 뭐가 들었는지는 감이 잡히지 않았다.

해가 지고 물소와의 힘겨운 싸움에서 놓여난 '안경잡이'가 돌아왔을 때, 나는 그에게 그 가방 안에 무슨 보물을 숨겼느냐고 물었다.

그런데 놀랍게도 그는 아무 대답도 하지 않았다. 우리가 음식을 만드는 동안에도 그는 여느 때와 달리 내내 침묵에 잠겨 있었는데, 물론 가방 얘기는 한 마디도 나오지 않았다.

식사 도중에 내가 다시 가방에 대해 물어보았지만 그는 여전히 입을 열지 않았다.

"내 생각엔 아무래도 그 속에 책이 들어 있는 것 같아."

뤄가 침묵을 깨고 말했다.

"맹꽁이자물쇠로 채워서 감추었다는 그 사실이 바로 네 비밀을 폭로하는 거라구. 그 속에 금서가 있는 게 분명해."

한순간 '안경잡이'의 눈에 까닭모를 공포의 빛이 스쳤다 사라졌는데, 곧이어서 그의 얼굴에 미소가 떠올랐다.

"헛소리하지 마."

그가 말했다. 그러더니 '안경잡이'는 손을 내밀어 뤄의 관자놀이를 어루만졌다.

"맙소사! 열이 많이 나잖아! 이러니까 그런 말도 안 되는 허튼소리를 하지. 우린 함께 있으면 즐겁고 친한 친구 사이잖아. 그런데 금서 어쩌구 하면서 계속해서 바보 같은 소리만 늘어놓으면, 정말 계속 그런 식으로 나오면, 제기랄······."

그날 이후로 '안경잡이'는 이웃집에서 청동 맹꽁이자물쇠 하나를 구해서 언제나 문고리에 쇠사슬까지 걸어 대문을 꼭꼭 잠그고 다녔다.

2주가 지났을 때 바느질 처녀의 '사금파리조각'이 뤄의 말라리아에 승리를 거두었다. 그가 손목에 감은 붕대를 풀자 새알만 한 투명하고 반들거리는 물집이 잡혀 있었다. 그 물집이 차츰 오그라들면서 살갗에 시커먼 자국만 남게 됐을 때 말라리아 증세는 말끔히 사라졌다. 우리는 뤄의 회복을 축하할 겸 '안경잡이'의 집에서 식사를 했다. 그날 밤 우리 세 사람은 그의 침대에 끼어 잤는데, 내가 확인한 바로는 침대 밑 나무상자는 그대로 있었지만 가죽가방은 보이지 않았다.

*

비록 우리 사이에는 우정이 있었지만, '안경잡이'가 우리 둘을 경계와 불신으로 대하는 것을 보니 뤄의 가정이 맞는 것처럼 생각되었다. 뤄와 나는 그 문제에 대해 종종 이야기를 해보았으나 그게 어떤 책인지에 대해서는 물론 짐작도 할 수 없었다(그 시절에는 마오와 그의 당원들의 저서, 순수한 학술서를 제외한 모든 책이 금서였다). 우리는 가방 안에 있을 가능성이 있는 책의 목록을 작성해보았다. 연애소설로 이름난 『금병매金甁梅』를 비롯해서 『삼국지연의三國志演義』, 『홍루몽紅樓夢』에 이르기까지 중국 고전소설도 가능했고, 당·송·명·청 왕조시대의 시집일 수도 있었고, 쭈다朱耷(팔대산인八大山人이란 호로 더 널리 알려진 청나라 때의 화승), 스타오石濤(청나라 때의 화가), 퉁키청董其昌(명나라 때의 시화가) 등이 그린 풍속화일 수도 있었다. 한漢나라의 위대한 예언가 다섯 명이 신성한 산꼭대기에서 다가올 이천 년 동안 일어날 일을 계시했다고 해서 여러 세기 전부터 금서가 된 『오인예언서』와 성경일지 모른다는 생각도 들었다.

말뚝 위의 우리 집에서는 대체로 자정이 지나면 남포를 끄고, 침대에 드러누운 채로 어둠 속에서 담배를 피웠다. 우리의 입에서 튀어나온 그 책들의 제목에는 미지의 세상이 있었고, 글자의 순서대로 울리는 그 단어들 속에는 뭔가 신비하고 감미로운 것이 있었다. 그것은 마치 티베트의 향 '짱시양樟香(티베트 불전에 쓰이는 가늘고 긴 선 모양의 향)'의 이름만 발설해도 그윽하고 은은한 향기가 느껴지고, 불빛에 반사되어 금물방울처럼 보이는 물기가 방울방울 맺

71

히기 시작하는 선향線香들이 눈에 선해지는 것과 같
았다.

"서양문학에 대해 들어본 적 있어?"

어느 날 뤄가 내게 물었다.

"별로…… 우리 부모님이 그분들의 직업 이외의
다른 일에는 관심이 없다는 건 너도 알잖아. 의학 외
에는 별로 아는 게 없으셔."

"그건 우리 부모님도 마찬가지야. 하지만 문화대
혁명 이전에는 고모가 중국어로 번역된 외서 몇 권
을 갖고 계셨어. 아주 웃기는 늙은 기사의 이야기를
그린 『돈키호테』라는 책에서 고모가 읽어주셨던 몇
구절을 아직도 기억하고 있지."

"지금은 그 책들이 어디 있는데?"

"연기와 함께 사라져버렸어. 홍위병들이 그 책들
을 압수해서 고모가 사시는 건물 바로 밑에서 공개
적으로, 가차 없이 불살라버렸거든."

몇 분 동안, 우리는 말없이 어둠 속에서 처량하게
담배를 피웠다. 문학 이야기가 나를 몹시 우울하게
했다. 우리에게는 행운이 없기 때문이었다. 우리가
마침내 술술 책을 읽을 수 있는 나이가 되니까 이제
는 읽을 만한 책이 하나도 없었다. 여러 해 동안 모든
도서관의 '서양문학' 선반에는 알바니아의 공산주의

지도자 엔베르 호자Enver Hoxha(1908~1985. 1941년
에 알바니아 공산당을 창설하고 서기가 됨)의 전서만 꽂
혀 있었다. 금박을 입힌 그 책들의 표지에는 단정하
게 빗은 반백의 머리에 요란한 색깔의 넥타이를 맨
늙은 남자가 앞을 응시하고 있는 초상화가 있는데,
그 쭈글쭈글한 눈꺼풀 밑의 왼쪽 눈은 밤색이고, 그
눈보다 작은 오른쪽 눈은 밤색이라기보다는 무지갯
빛이 도는 은홍색을 띠고 있었다.

"그 얘기를 왜 꺼내는데?"

나는 뤄에게 물었다.

"아무래도 '안경잡이'의 가죽가방에 서양문학서들
이 가득 들어 있을 것 같아서."

"네 말이 맞을지도 몰라. 그의 아버지는 작가고 어
머니는 시인이니까. 너희 집과 우리 집에 서양의학
서들이 많이 있는 것과 마찬가지로 그의 부모는 서
양문학서들을 많이 갖고 있었을 게 틀림없어. 하지
만 책이 들어 있는 가방이 어떻게 홍위병에게 발각
되지 않았을까?"

"그거야 머리를 잘 쓰면 얼마든지 감쪽같이 감출
수 있지."

"'안경잡이'에게 그 책들을 맡기다니 그 부모님은
대단히 위험한 짓을 하셨군."

"하긴 우리 부모님들이 늘 우리가 의사가 되기를 바랐던 것처럼 '안경잡이'의 부모님도 당신들의 아들이 작가가 되기를 바랐겠지. 그분들은 그렇게 해서라도 아들이 그 책들을 몰래 공부해야 한다고 생각한 거야."

*

초봄의 쌀쌀한 아침에 두 시간 동안 함박눈이 내리더니 이내 십 센티미터 정도 쌓였다. 촌장은 우리를 하루 쉬게 해주었다. 뤄와 나는 즉시 '안경잡이'를 만나러 갔다. 우리는 그의 안경알이 깨지는 불상사가 일어났다는 소식을 들었던 것이다.

하지만 '혁명 농민들'이 자신의 심한 근시를 신체 결함으로 간주하는 일이 없도록 '안경잡이'가 일을 계속하고 있을 거라고 나는 확신했다. '안경잡이'는 농민들이 자기를 게으름뱅이로 간주할까봐 두려워했다. 그가 농민들을 두려워하는 것은 '재교육'을 잘받았다는 판정을 내리는 이들이 그들이고, 이론적으로는 그의 앞날을 결정할 권한을 갖고 있는 이들도 그들이기 때문이었다. 그런 상황에서는 정치적이나 신체적인 결함은 아무리 작은 것이라도 치명적일 수 있다.

우리 마을과 달리, '안경잡이'가 사는 마을의 농부들은 눈이 왔는데도 쉬지 않았다. 그들은 커다란 채롱을 등에 지고, 우리의 산에서 이십 킬로미터쯤 떨어진, 티베트에서 발원하는 강의 기슭에 위치한 그 마을의 곡식창고까지 쌀을 나르고 있었다. 그것이 그 마을의 연간소득이었고, 촌장은 그 쌀의 총량을 주민의 수로 나누어 공평하게 주었는데, 주민 한 사람에게 돌아가는 몫은 대략 육십 킬로그램 정도였다.

우리가 도착했을 때, '안경잡이'는 채롱을 가득 채우고 떠날 채비를 하고 있었다. 우리가 눈을 뭉쳐서 던지자, 그는 사방을 둘러보았다. 하지만 근시 때문에 우리를 알아보지 못했다. 안경을 쓰지 않아서 툭 튀어나온 그의 눈동자는 발바리의 흐릿하고 멍청한 눈을 연상시켰다. 그는 잠시 당황하는 표정을 짓다가 쌀 채롱을 등에 지었다.

"정신 나갔어? 넌 안경 없이는 산길을 한발짝도 갈 수 없어."

뤄가 그에게 말했다.

"어머니에게 편지를 보냈어. 가능한 한 빨리 새 안경을 보내주실 거야. 하지만 우두커니 안경이 오기

75

만 기다리며 앉아 있을 순 없어. 나는 여기 일하러 온 거야. 어쨌든 그것이 촌장의 생각이라구."

그는 마치 우리와 시간 낭비나 하고 싶진 않다는 듯 아주 빠르게 말했다.

"기다려봐. 나한테 좋은 생각이 있어. 우리가 너의 채롱을 창고까지 지고 갈 테니까 그 대신에 가방 안에 감춰두고 있는 책을 몇 권 빌려줘. 그러면 주고받는 셈이잖아, 안 그래?"

뤄가 말했다.

"꺼져! 난 무슨 말인지 모르겠는데. 내겐 숨긴 책이 없다구."

'안경잡이'가 심술 궂은 어조로 말했다.

화가 잔뜩 난 그는 무거운 채롱을 등에 지고 출발했다.

"딱 한 권이면 돼! 그렇게 하자구!"

뤄가 그에게 소리쳤다.

'안경잡이'는 그 말에 아무런 대꾸도 하지 않고 걸어가기 시작했다.

그가 부리고 있는 오기는 자신의 육체적 능력의 한계를 넘어선 것이었다. 그는 일종의 자학증에 빠진 사람 같았다. 눈이 제법 쌓여 있어서 그의 발목이 여기저기서 푹푹 빠졌다. 산길은 평소보다 더 미끄러웠다. 그는 그 튀어나온 눈으로 땅을 응시하고 있었지만, 발에 걸릴 게 틀림없는 돌부리들을 구별할 수 없었다. 그는 술 취한 사람이 손을 더듬듯 비틀거리면서 나아갔다. 내리막길에 이르러서는 한쪽 발로 앞을 더듬으며 디딜 곳을 찾았다. 그러나 채롱의 무게를 감당하지 못한 다른 쪽 다리가 후들거리는 바람에 그만 눈밭에 무릎을 꿇었다. 그 자세에서 채롱을 엎지 않으려고 균형을 잡던 그는 두 다리로 눈을 밀치고 손으로 앞을 헤치며 조금씩 길을 만들더니 이윽고 자리에서 일어났다.

우리는 멀찍이 떨어져서 그가 산길을 비틀비틀 내려가다가 얼마 후에 또다시 넘어지는 것을 보았다. 이번에는 넘어지면서 바위에 부딪히는 바람에 채롱이 튀어올랐다 땅바닥에 곤두박질쳤다.

우리는 얼른 그에게 달려가 땅에 흩어진 쌀을 주워담았다. 우리 모두 아무 말도 하지 않았다. 나는 차마 '안경잡이'를 쳐다볼 엄두가 나지 않았다. 그는 땅바닥에 주저앉아 눈이 잔뜩 들어간 신발을 벗어 툭툭 털고 꽁꽁 언 발을 두 손으로 비볐다.

그는 머리가 너무 무겁다는 듯 머리를 연신 흔들어댔다.

"머리가 아파서 그래?"

내가 물었다.

"아니, 귀가 울려서 그래. 심하지는 않아."

채롱 안에 쌀을 모두 주워담고 보니 내 외투 소맷자락에는 얼어붙어서 울퉁불퉁하고 딱딱해진 눈이 잔뜩 달려 있었다.

"이제 슬슬 출발해볼까?"

나는 뤄에게 물었다.

"그래, 채롱을 지게 도와줘. 꽤 추운데. 등에 무거운 걸 지면 따뜻해질 것 같아."

뤄와 나는 오십 미터마다 교대하면서 육십 킬로그램의 쌀을 창고까지 날랐다. 우리는 기진맥진했다.

우리가 돌아가려고 하자, '안경잡이'가 너덜너덜하게 낡은 얇은 책 한 권을 건네주었다. 발자크의 소설이었다.

'바–엘–짜–케'. 중국어로 번역된 프랑스 작가의 이름이 네 개의 표의문자로 하나의 낱말을 이루었다. 번역의 경이로움인가! 갑자기, 앞의 두 음절이 주는 무거움, 그 이름이 불러일으키는 호전적이고 도전적인 울림이 사라졌다. 각각이 약간의 의미를 내포한 아주 멋스러운 네 글자가 한데 모여 예사롭지 않은 아름다움을 자아내면서 몇백 년 동안 지하실에 보존된 술에서 나는 향기처럼 이국적이고 감각적이고 그윽한 맛을 풍기고 있었다(몇 년 후, 나는 그 번역자가 한때 위대한 작가였으나, 정치적인 이유로 그 자신의 작품들을 출간하는 것이 금지되면서 프랑스 작가들의 작품을 번역하는 데 일생을 보냈다는 사실을 알았다).

'안경잡이'는 망설이고 망설인 끝에 그 책을 우리에게 빌려주기로 한 걸까, 아니면 우연히 그 책이 손에 걸린 걸까? 아니면 귀한 보물이 잔뜩 들어 있는 가방 안에서 그것이 가장 얇고 가장 낡은 책이라서 골라잡은 걸까? 혹시 치사한 생각으로 그 책을 고른 건 아닐까? '안경잡이'가 그 책을 고른 이유는 분명치 않았지만, 아무튼 그 책이 우리의 인생을, 적어도 '하늘긴꼬리닭' 산골에서 재교육을 받고 있는 동안의 우리를 혼란에 빠뜨린 것만은 분명한 사실이다.

  그 얇은 책의 제목은 『위르쉴 미루에*Ursule Mirouët*』였다.

  뤄는 '안경잡이'가 책을 준 그날 밤부터 그 책을 읽기 시작해서 새벽녘까지 모두 읽어치웠다. 책을 다 읽은 그는 남폿불을 끄고는 나를 깨워 책을 내밀었다. 나는 밥도 먹지 않고 밤이 이슥하도록 사랑과 기적으로 가득한 프랑스 이야기에 푹 빠져, 다른 아무 일도 하지 않은 채 침대에서 보냈다.

  아직 청춘의 혼돈상태에 빠져 있는 열아홉의 숫총각이 애국주의, 공산주의, 이데올로기와 정치운동에 관한 혁명적 장광설밖에 모른다고 생각해보라. 그런데 갑자기 그 작은 책은 침입자처럼 나에게 욕망과 열정과 충동과 사랑에 눈을 뜨라고 말하면서, 그때까지 고지식한 벙어리에 지나지 않던 내게 세상에서 벌어지는 온갖 것들에 대해 이야기하고 있었다.

프랑스란 이름의 나라에 대한 완벽한 무지(당시 프랑스에 대한 나의 지식은 아버지의 입을 통해 나폴레옹이라는 이름을 몇 번인가 들은 것이 전부였다)에도 불구하고 위르쉴의 이야기는 바로 이웃집 이야기만큼이나 사실적이었다. 그 처녀에게 뜻하지 않게 벌어진 상속과 돈에 얽힌 그 더러운 사건은 그녀의 권위를 증가시켜 발언권을 강화시켜주었음에 틀림없다. 하루 일과가 끝날 즈음이면 나는 내가 마치 느무르에 있는 그녀의 집, 연기가 피어오르는 벽난로 옆에서 그 의사와 사제를 비롯한 여러 인물들과 함께 있는 듯한 느낌이 들었다. 심지어는 최면술과 최면상태에 관한 부분도 믿음직하고 감미롭게 여겨졌다.

마지막 페이지까지 다 읽고 나서야 나는 침대에서 일어났다. 뤄는 아직 돌아오지 않았다. 나는 그가 아침이 되기가 무섭게 급히 나간 이유가 바느질 처녀의 집에 가서 발자크의 그 아름다운 이야기를 들려주기 위해서일 거라고 짐작했다. 나는 우리 집 문간에 서서 옥수수빵을 씹으면서 맞은편에 보이는 시커먼 산의 형체를 멍하니 바라보았다. 바느질 처녀가 사는 마을의 불빛을 알아보기에는 거리가 너무 멀었다. 뤼가 그 책 이야기를 어떻게 할지 상상하던 나는 갑자기 쓰라리고 격렬한, 알지 못할 질투심에 사로잡혔다.

추운 날씨여서 양가죽 점퍼를 입고 있었는데도 몸이 덜덜 떨렸다. 마을 사람들은 모두 밥을 먹고 잠자리에 들었거나 어둠 속에서 은밀한 행위를 하고 있을 터였다. 하지만 내가 서 있는 그곳, 대문 앞에서는 아무 소리도 들리지 않았다. 여느 때라면 산골에 퍼진 그 고요함을 이용해서 바이올린을 연주해보았을 테지만, 그날따라 울적하기만 했다. 얼마 후 방으로 들어와 바이올린을 잡아보았지만 마치 누군가 일부러 음계를 망가뜨려놓기라도 한 듯 귀에 거슬리는 소리가 날 뿐이었다. 나는 문득 내가 어떤 일을 하고 싶어하는지를 깨달았다.

나는 『위르쇨 미루에』에서 마음에 드는 구절들을 베껴놓기로 했다. 책을 베끼고 싶은 마음이 들기는 난생처음이었다. 방 안을 뒤져 종이를 찾아보았지만 부모님에게 편지를 쓸 때 사용할 종이 몇 장밖에는 찾지 못했다.

그래서 나는 점퍼의 양가죽에 직접 옮겨 쓰기로 했다. 내가 그곳에 도착했을 때 마을 사람들이 주었던 그 점퍼의 겉면에는 길고 짧은 양털이 뒤섞여 있었지만, 안쪽은 털이 없이 매끈한 가죽이었다. 안쪽 가죽은 군데군데 갈라지거나 해져 있어서 글을 쓸 자리가 많지 않았기 때문에 옮겨 쓸 만한 본문을 선택하는 데 한참이 걸렸다. 나는 위르쉴이 최면상태에서 여행을 떠나는 장면을 쓰기로 했다. 나도 위르쉴처럼 침대에 잠든 채 오백 킬로미터나 떨어진 우리 집에 가서 어머니가 뭘 하고 계신지를 보고, 또 부모님과 함께 저녁 식탁에 앉아 그분들의 앉은 자세라든가 반찬이나 접시 색깔을 관찰하고 음식 냄새를 맡고 그분들의 대화를 들어보고 싶었다. 나도 위르쉴처럼 꿈을 꾸면서 한번도 가본 적이 없는 곳들을 보고 싶었다.

늙은 산양가죽에 만년필로 글씨를 쓰기란 쉽지 않았다. 가죽은 윤기가 없고 꺼칠꺼칠해서 가능한 한 많은 본문을 옮기려면 깨알같이 작은 글자로 써야 했는데 그것은 상당한 집중력을 요하는 일이었다. 소맷자락까지 글로 가득 채웠을 때는 손가락이 부러지기라도 한 것처럼 몹시 아팠다. 그러고 나서 나는 잠이 들었다.

뤄의 발소리가 나를 깨웠다. 새벽 세 시였다. 남폿불이 여전히 타고 있는 걸 보면 내가 그렇게 오랫동안 잠을 자진 않았던 것 같다. 방으로 들어오는 그의 모습이 어렴풋이 보였다.

"자는 거야?"

"아니."

"그럼 좀 일어나봐. 네게 보여줄 게 있어."

남포에 기름을 더 부어 심지가 활활 타오르게 한 그는 왼손에 남포를 들고 내 침대 가장자리에 걸터앉았다. 그의 눈빛은 이글거렸고 머리카락은 사방으로 뻗쳐 있었다. 그가 점퍼 주머니에서 잘 접은 희고 네모난 천을 꺼냈다.

"바느질 처녀가 손수건을 선물로 줬구나."

그는 아무 대답도 하지 않았다. 그러나 나는 그가 조심스럽게 펼치는 천을 보고, 그것이 처녀가 입던 셔츠에 붙은 장식을 찢어낸 조각임을 알아볼 수 있었다.

천에는 마른 나뭇잎 몇 장이 싸여 있었다. 흡사 나비 날개처럼 생긴 예쁜 나뭇잎들이 오렌지색에서 노란색이 도는 갈색으로 변하는 상태였는데, 이파리마다 한결같이 시커먼 핏자국이 얼룩져 있었다.

"은행잎이야."

뭐가 들뜬 목소리로 말했다.

"그녀의 마을 동쪽 외진 골짜기에 커다란 은행나무 한 그루가 있어. 우린 그 나무에 기대 서서 섹스를 했지. 그애가 숫처녀여서 땅바닥에 깔린 은행잎

84

에 피가 떨어진 거야."

나는 말문이 막혔다. 은행나무와 아름드리 나무줄기, 땅바닥에 흩어진 나뭇잎을 눈앞에 그리던 나는 이렇게 반문했다.

"서서 했다고?"

"그래, 말들이 하는 것처럼 말이야. 그애가 깔깔대고 웃었던 게 아마 그 때문이었던 것 같아. 웃음소리가 어찌나 크고 거친지 골짜기 저쪽까지 울렸어. 새들이 질겁을 하고 날아가버렸을 정도니까."

*

『위르쉴 미루에』는 우리의 눈을 뜨게 한 다음, 정해진 기일 내에 책 주인인 '안경잡이'에게 반환되었다. 우리는 그가 안경 없이는 도저히 감당할 수 없을 만큼 힘든 일을 대신해주면 그 비밀가방에 있는 다른 책도 빌려줄 거라고 생각했는데, 그것은 착각이었다.

'안경잡이'는 더는 한 권의 책도 빌려주려 하지 않았다. 우리는 종종 그의 집으로 음식을 갖다주며 비위를 맞추고 바이올린 연주까지 해주었다……. 어머니가 보내준 새 안경이 도착하자 반 장님 상태에서 벗어난 그는 우리의 착각에 종지부를 찍고 말았다.

우리는 그 책을 돌려주었던 일을 몹시 후회했다. 뤄는 툭하면 이렇게 되뇌었다.

"그 책이 있었다면 바느질 처녀에게 책을 한 장 한 장 읽어줬을 거야. 그러면 그애는 더 세련되고 교양 있는 여자가 됐을 테지."

뤄가 그런 생각을 한 것은 그의 말을 들은 내가 점퍼 가죽에 옮겨 쓴 발췌문을 읽어주었기 때문이다. 어느 휴일(나는 종종 그와 옷을 바꿔 입곤 했는데) 뤄는 약속장소인 사랑의 골짜기 은행나무 근처로 바느질 처녀를 만나러 가면서 내 가죽점퍼를 빌려 입었다. 그 이후의 일을 그는 내게 이렇게 전해주었다.

"내가 발자크의 원문을 한 글자 한 글자 읽어주고 나자 그애는 네 점퍼를 잡아채어 다시 한 번 읽었지. 머리 위로 나뭇가지가 흔들리는 소리가 들리고 어디론가 흘러가는 급류 소리가 멀리서 들려올 뿐 조용했어. 날씨는 화창하고 하늘은 흡사 천국처럼 푸르렀지. 그애는 그 글을 모두 읽고 나더니 입을 벌린 채 멍하니 서서 마치 성스러운 물건을 든 신자들처럼 네 점퍼를 떠받치고 있었어."

그가 계속 말을 이었다.

"발자크는 그애의 머리에 보이지 않는 손을 올려

놓은 진짜 마법사야. 그애는 전과는 완전히 달라진 모습으로 몽상에 잠긴 채 한참을 그러고 있다가 겨우 정신을 차렸지. 그러고는 네 점퍼를 자기가 입었어. 꽤 어울리더군. 그애는 자신의 살갗에 닿는 발자크의 말들이 행복과 지성을 갖다줄 거라고 말했어."

바느질 처녀의 반응에 황홀해진 우리는 그만큼 더 그 책을 돌려준 일을 후회했다. 그러나 초여름이 돼서야 새로운 기회가 찾아왔다.

일요일이었다. '안경잡이'는 집 앞에 불을 피우고 큰 솥 가득 물을 채웠다. 그가 일을 크게 벌이는 것을 본 뤄와 나는 깜짝 놀랐다.

'안경잡이'는 우리를 보았으면서도 처음에는 말을 걸지 않았다. 그는 몹시 지치고 우울해 보였다. 솥의 물이 부글거리며 끓기 시작하자 그는 언짢은 얼굴로 윗도리를 벗어 솥에 던져넣고는 긴 장대로 물속 깊숙이 밀어넣었다. 무럭무럭 피어오르는 김 속에서 그가 초라한 옷가지를 연신 젓자 물 위로 시커먼 거품과 담뱃가루, 그리고 역한 냄새가 올라왔다.

"이를 잡는 거니?"

내가 물었다.

"응, '천길만길낭떠러지'에 갔다가 이가 옮았어."

그 낭떠러지 이름이 낯설지는 않았지만 우리는 한

번도 가본 적이 없는 곳이었다. 그곳은 우리 마을에
서 적어도 반나절을 꼬박 걸어야 닿을 만큼 먼 거리
에 있었다.

"거긴 뭐하러 갔어?"

그 말에 '안경잡이'는 아무 대꾸도 하지 않았다.
그는 티셔츠와 바지와 양말을 차례차례 벗어서 끓는
물속에 집어넣었다. 뼈마디만 앙상한 그의 몸뚱이는
붉은 반점들로 가득했고, 살갗에는 할퀴어서 피가
난 손톱 자국투성이였다.

"그 빌어먹을 낭떠러지에 사는 이들은 무지무지
커. 내 옷솔기에 온통 서캐를 까놓았지 뭐야."

'안경잡이'가 말했다.

그는 집 안으로 들어가더니 반바지를 들고 나왔
다. 그러고는 끓는 물속에 넣기에 앞서 우리에게 반
바지를 보여주었다. 맙소사! 솔기 가두리에 조그만
진주알처럼 반짝이는 시커먼 서캐가 염주처럼 줄지
어 붙어 있었다. 흘깃 보기만 했는데도 머리끝에서
발끝까지 소름이 끼쳤다.

뤄와 내가 솥 앞에 나란히 앉아 장작을 더 넣으며
불길을 살피는 동안 '안경잡이'는 긴 장대로 끓는 물
속의 옷가지들을 휘저었다. 이윽고 그가 '천길만길
낭떠러지'에 가게 된 비밀을 털어놓기 시작했다.

2주 전 '안경잡이'는 어머니로부터 편지를 한 통 받았다. 그의 어머니는 안개와 비와 첫사랑의 아련한 추억을 다룬 서정시로 우리 지방에서는 유명한 시인이었다. 그녀는 혁명 문학지의 편집장으로 임명된 옛 친구가 자기도 언제 어떻게 될지 모르는 불안한 상황인데도 '안경잡이'에게 그 기관지에서 일할 자리를 마련해주기로 약속했다는 소식을 편지로 전해주었다. 편집장은 자기가 그를 밀어주는 것이 보이지 않게 하려고, 먼저 '안경잡이'가 현지에서 산골 사람들의 낭만적인 감정을 사실적으로 드러낸 진솔한 민요를 수집하면, 그것을 문학지에 게재한다는 계획을 세워두었다.

　그 편지를 받고 나서부터 '안경잡이'는 즐거운 희망에 잠겨 살았다. 그는 완전히 딴사람이 된 것 같았다. 난생처음 맛보는 행복에 젖은 그는 산골 사람들의 노래를 수집하기 위해 논일조차 거부했다. 그는 자신이 민요란 민요를 모두 수집하면 어머니를 찬미하는 편집장의 약속이 반드시 이루어질 것이라고 생각했다. 하지만 일주일이 지나도록 기관지에 게재할 만한 민요가사는 한 구절도 수집하지 못했다.

　그는 실망의 눈물을 흘리며 어머니 앞으로, 민요 수집에 실패했다는 내용의 편지를 썼다. 그런데 우체부에게 편지를 건네주려던 바로 그날, 그 우체부가 '천길만길낭떠러지'에 사는 산골 노인의 이야기를 들려주었다. 그 노인은 방앗간을 하는 사람인데, 비록 까막눈이긴 해도 한때 이름난 명창이어서 그 지방 민요란 민요는 모르는 것이 없다는 것이었다. '안경잡이'는 어머니에게 쓴 편지를 찢고 그 자리에서 민요 수집의 길을 떠났다.

'안경잡이'는 우리에게 이렇게 말했다.

"그 영감은 가난한 술꾼이야. 그렇게 찢어지게 가난한 사람은 처음 봤어. 그 영감이 화주를 마실 때 뭘 안주로 먹는지 알아? 조약돌이라구! 우리 어머니의 명예를 걸고 맹세해! 영감은 돌을 더러운 국물에 담갔다가 입 안에 넣어서 혀로 한참 굴리고는 바닥에 뱉어내곤 했어. 영감은 그걸 '방아꾼의 옥소금탕'이라고 하더군. 내게 맛을 보라고 했지만 거절했지. 아마 그것 때문에 기분이 상했는지 몹시 골을 내며 내가 무슨 말을 해도, 심지어 돈을 주겠다고 해도 노래를 부르려 하지 않았어. 난 영감에게서 노래를 들을 수 있으리라는 희망을 품고 그 쓰러질 듯한 방앗간에서 이틀을 보내며 영감 침대에서 몇십 년 동안 단 한 번도 빤 적이 없는 것 같은 더러운 이불을 덮고 하룻밤을 잤다구."

그 장면을 상상하기는 그리 어렵지 않았다. 벌레가 우글거리는 침대에서 '안경잡이'는 방앗간 노인이 혹시 꿈결에서라도 산골 사람들의 진솔한 노래를 부를까봐 뜬눈으로 밤을 지새웠을 것이다. 어둠 속에서 이들이 은신처에서 기어나와 그를 공격한다. 이는 그의 피를 빨아먹기도 하고 밤에도 벗지 않는 안경의 유리알에서 미끄럼을 타기도 한다. 노인이 몸을 돌리거나 딸꾹질을 하거나 기침할 때마다 '안경잡이'는 스파이처럼 숨을 죽인 채 작은 남포에 불을 붙이고 노랫말을 적을 준비를 한다. 그러나 얼마 후면 끊임없이 돌아가는 물레방아 리듬에 따라 노인은 다시 코를 골기 시작한다.

"나한테 좋은 생각이 있어."

뤄가 거침없이 말했다.

"우리가 방앗간 영감에게서 민요를 알아오면 발자크의 다른 책들을 빌려줄래?"

'안경잡이'는 그 말에 바로 대답하지 않았다. 그는 솥에서 끓는 시커먼 물을 안경 너머로 응시하고 있었다. 흡사 거품과 담뱃가루 속에서 재주넘기를 하다 죽은 이들의 시체에 도취된 사람 같았다.

마침내 그가 고개를 쳐들더니 뤄에게 이렇게 물었다.

"어떻게 할 생각인데?"

1973년의 그 여름날 '천길만길낭떠러지'를 향해
길을 나서는 내 모습을 보았다면 누구라도 공산당
회의의 공식 사진이나 혁명 간부의 결혼식 사진에서
곧장 튀어나왔다고 믿었을 것이다. 나는 바느질 처
녀가 지어준 짙은 회색 깃이 달린 감색 상의를 입고
있었다. 그것은 팔을 들어올릴 때마다 빛을 발하는
듯한 예쁜 금단추가 소매에 세 개씩 달린 것을 비롯
해서 깃에서 주머니 모양에 이르기까지 마오 주석의
옷을 그대로 모방한 것이었다. 삐죽삐죽 곤두선 나
의 더벅머리를 감추기 위해서 우리의 의상 담당자는
군대 장교의 모자처럼 화려한 녹색 모자, 즉 자기 아
버지가 옛날에 쓰던 모자를 머리에 씌워주었다. 다

만 모자가 내 머리에는 너무 작은 것이 한 가지 흠이었다.

보좌관 역을 맡은 뤄는 군복무를 마친 청년에게서 전날 빌려온 색바랜 사병 군복을 입었다. 가슴에는 금박 입힌 마오의 초상이 선명한, 새빨간 훈장이 번쩍였고 머리는 올백으로 빗어 넘겼다.

우리는 한번도 그 낯선 황무지에 발을 들여놓은 적이 없어서 하마터면 대나무숲에서 길을 잃을 뻔했다. 주위는 온통 빗물에 젖어 반들거리는 대나무숲이었고, 어두컴컴하고 눅눅한 숲에서는 보이지 않는 짐승들의 톡 쏘는 듯한 냄새가 진동했다. 이따금, 새로 자라는 죽순에서 나는 듯 부드럽게 사각거리는 소리가 들려오기도 했다. 성장이 빠른 대나무 중에는 하루에 삼십 센티미터씩 자라는 것들도 있으리라.

높다란 절벽에서 떨어지는 급류에 걸터앉듯 자리 잡고 있는 늙은 소리꾼의 물레방아는 흡사 무슨 유물처럼 보였다. 검은 결이 섞인 흰 돌로 만든 큼직한 바퀴가 삐걱이면서 물속에서 느릿느릿 돌아갔다.

아래층 나뭇바닥이 흔들렸다. 발밑, 군데군데 터진 널빤지 사이로 바위 틈을 흐르는 물이 보였다. 삐걱이는 바퀴 소리가 귓가에 메아리처럼 울려퍼졌다. 방 한복판에서 웃통을 벗은 채 절구에 곡물을 집어넣던 노인이 일손을 멈추고 경계하는 눈빛으로 우리를 물끄러미 쳐다보았다. 나는 노인에게 우리 지방 사투리인 쓰촨성 말과 다른, 영화에서 본 표준어로 인사를 건넸다.

"지금 이 사람이 어느 지방의 말로 말하는 거지?"

노인이 어리둥절한 표정으로 뤄에게 물었다.

"공용어로 말씀하고 계신데요. 영감님은 베이징어를 모르십니까?"

뤄가 말했다.

"베이징이 어딘데?"

우리는 그 말에 충격을 받았지만, 노인이 정말 베이징이 어딘지 모른다는 사실을 알고는 배를 잡고 웃었다. 그 순간 나는 바깥세상과 완전히 담을 쌓은 채 살고 있는 노인이 부러웠다.

"그럼 페핑은 뭔지 아세요?"

뤄가 노인에게 물었다.

"바이핑 말인가? 그거야 물론 북쪽의 큰 도시지."

"영감님, 그 도시는 벌써 이십 년 전에 이름이 바뀌었어요. 그리고 제 옆에 계신 이분은 영감님이 바이핑이라고 부르는 도시의 공용어로 말씀하고 계신 거예요."

뤄가 설명했다.

그 말에 노인은 내게 존경 어린 눈길을 던졌다. 노인은 내가 입은 상의를 살펴보면서 소매에 달린 단추 세 개를 뚫어지게 쳐다보더니 손가락으로 단추를 만지작거렸다.

"이 조그만 것들은 뭐에 쓰는 거요?"

노인이 내게 물었다.

뤄가 노인의 질문을 내게 통역했다. 나는 서투른 표준어로 모른다고 대답했다. 그러나 나의 통역은 방앗간 노인에게 내가, 진정한 혁명 간부들의 상징물이라고 대답했다고 통역해주었다.

"이분이 바이펑에서 이 고장까지 온 것은 산골 민요를 수집하기 위한 것이니, 그걸 아는 모든 시민은 이분에게 알려줄 의무가 있습니다."

뤄는 기가 막힐 정도로 침착하게 계속했다.

"산골 뭐를 수집한다고?"

노인이 내게 의심쩍은 눈길을 던지면서 뤄에게 물었다.

"그건 노래가 아니라 그저 오래전부터 전해져오는 흥얼거림에 불과하다는 걸 알고 하는 말인가?"

"이분이 원하는 것이 바로 감정을 노골적으로 드러낸 원초적인 노랫말들입니다."

방앗간 노인은 그 구체적인 부탁을 깊이 생각하고

나서 무슨 속임수를 쓰는 듯한 묘한 미소를 지으며
나를 쳐다보았다.

"그게 정말이오?"

"그렇소."

내가 대답했다.

"정말로 내가 그 추잡한 노랫말을 부르기를 원하
는 거요? 왜냐하면 우리의 노래는 잘 알려진 대
로……."

그 순간 큼직한 채롱을 등에 진 농부 여럿이 도착
하는 바람에 노인의 말이 중단되었다.

나는 더럭 겁에 질렸고, 그건 나의 통역도 마찬가
지였다. 내가 뤄에게 귀엣말을 했다.

"우리, 여기서 도망칠까?"

그런데 노인이 우리를 돌아보면서 뤄에게 물었다.

"지금 뭐라고 했나?"

얼굴이 붉어진 나는 난처함을 감추기 위해, 농부
들이 채롱을 내리도록 도와주기라도 할 것처럼 빠른
걸음으로 그들에게 다가갔다.

농부들은 모두 여섯이었다. 다행히 그들 중에서
우리 마을에 왔던 사람은 아무도 없었다. 나는 우리
를 알아보는 사람이 없다는 걸 확인하고 나서야 침
착함을 되찾았다. 그들은 빻으려고 가져온 옥수수알

이 잔뜩 담긴 채롱을 땅에 내려놓았다.

"바이핑에서 온 이 젊은 분을 소개하지. 소매에 달린 이 단추들 보이나?"

방앗간 노인이 농부들에게 말했다.

갑자기 태도를 바꾼 노인이 환하게 웃는 얼굴로 내 손목을 잡아서 치켜올리더니 농부들의 눈앞에서 흔들었다. 그러더니 가까이에서 좀 보고 감탄해야 하지 않느냐는 듯한 태도로 말했다.

"자네들 이게 뭘 의미하는지 아나?"

노인의 입에서 술 냄새가 확 풍겼다.

"이게 바로 혁명 간부의 상징이란 거야."

나는 그처럼 깡마른 노인에게서 그렇게 엄청난 힘이 나오리라고는 꿈에도 생각지 못했다. 노인의 못박인 손 때문에 하마터면 내 손목이 부러질 뻔했다. 바로 옆에 서 있던 사기꾼 뤄가 통역관다운 진지한 태도로 노인의 말을 표준어로 내게 통역했다. 나는 영화에서 본 대로 진짜 당 간부처럼 그들 한 사람 한 사람과 악수를 나누고 고개를 끄덕이며 짧은 표준어 실력으로 떠들어대야 했다.

그런 짓을 해보기는 난생처음이었다. 나는 가죽가방의 매정한 주인 '안경잡이'의 불가능한 임무를 수행하기 위해서 그렇게 가짜 간부 행세를 하기로 한 일을 후회하고 있었다.

나는 나도 모르는 사이에 고개를 흔들다가 내 녹색 모자를, 아니 재봉사의 모자를 땅에 떨구었다.

*

마침내 농부들은 빻으려고 가져온 옥수수를 산더미처럼 쌓아놓고 떠났다.

나는 녹초가 되었으며, 내 머리를 점점 더 조이는 철사테나 다름없는 작은 모자 때문에 두통마저 일었다.

방앗간 노인은 중간에 두어 개 살이 빠진 조그만 나무사다리에 올라 이층으로 우리를 데려갔다. 그러고는 등나무 바구니 쪽으로 걸어가더니 화주 한 병과 술잔 세 개를 꺼내왔다.

"먼지가 좀 덜하니까 여기서 한잔 합시다."

노인이 미소를 지으며 말했다.

널찍하고 어두컴컴한 그 방바닥에는 '안경잡이'가 '옥구슬'이라고 말한 예의 조약돌들이 널려 있었다. 이곳 역시 아래층처럼 사람 사는 집에 으레 있게 마련인 의자 같은 가구는 전혀 없고 큼직한 침대 하나만 달랑 놓여 있었는데, 침대 위 벽을 장식한 표범, 아니 재규어의 검은 물결무늬 가죽에는 대나무로 만든 비올라처럼 생긴 삼현악기가 걸려 있었다.

방앗간 영감이 우리를 그 방의 유일한 침대, 앞서 왔던 '안경잡이'에게 괴로운 추억과 붉은 부스럼을 남긴 침대 위에 앉으라고 했다.

나는 나의 통역을 힐끗 쳐다보았다. 조약돌에 미끄러지지나 않을까 겁을 먹은 듯이 보이는 뤄는 하마터면 정말로 넘어질 뻔했다.

"밖이 더 낫지 않을까요? 여긴 너무 어둡네요."

처음으로 침착성을 잃은 뤄가 더듬더듬 말했다.

"걱정하지 말게."

노인은 남포에 불을 붙여서 침대 한복판에 놓았다. 남포에 기름이 충분하지 않았기 때문에 노인이 기름을 가지러 갔다. 노인은 이내 기름이 가득 든 병 하나를 들고 돌아왔다. 그는 남포에 절반 가량을 붓고 기름병을 침대 위의 화주병 옆에 놓았다.

우리 셋은 침대 위, 남포 주위에 쭈그리고 앉아 화주를 마셨다. 내게서 오십 센티미터 가량 떨어진 침대 한구석에는 이불이 꾀죄죄한 옷가지들과 함께 아무렇게나 둘둘 말려 있었다. 술을 마시는데 작은 벌레들이 바지 속으로 다리를 따라 기어오르는 느낌이었다. 신분이 요하는 예의에도 불구하고, 내가 슬그머니 손을 집어넣으려는 순간, 이번에는 벌레들이 다른 쪽 다리를 공격하는 것을 느꼈다. 수많은 벌레들이 내 몸에 몰려들어 음식이 바뀐 것을 기뻐하고, 내 피가 제공하는 새로운 잔치에 기뻐하는 느낌이었다. 큰 솥에서 벌어질 광경이 눈에 선했다. 부글부글 끓는 물속의 시커먼 거품 속에서 오르내리며 빙글빙글 돌던 '안경잡이'의 옷가지들이 사라지고 그 자리를 내 옷이 자리잡는다.

방앗간 노인은 이의 공격을 받는 우리만 남겨놓고 잠시 자리를 뜨더니 접시 한 개, 작은 사발 하나, 그리고 젓가락 세 벌을 가지고 돌아왔다. 노인은 그것들을 남포 옆에 내려놓고 다시 침대에 올라앉았다.

뭐도 나도, 노인이 감히 '안경잡이'에게 시켰던 짓을 우리들에게도 시키리라고는 상상도 하지 못했다. 그러나 이미 때는 늦었다. 앞에 놓인 접시에는 반들거리는 녹청색 조약돌이 그득 담겨 있었고, 사발에는 남포 불빛에 맑게 보이는 물이 담겨 있었다. 사발 바닥에 굵은 알갱이가 가라앉은 것으로 봐서 소금물인 모양이다. 나를 공격하던 이들은 계속 활동영역을 넓히더니 급기야 모자 속까지 침투하기 시작했는데, 나는 참을 수 없을 정도로 두피가 근질거려 머리카락이 곤두설 지경이었다.

"자, 이게 내가 매일같이 먹는 '옥소금탕'이라는

거요."

노인이 말했다.

그러면서 노인은 젓가락으로 조약돌 한 개를 집더니 소금국에 천천히 담갔다가 입에 넣고는 맛있다는 듯이 빨았다. 노인은 조약돌을 입속에 오랫동안 넣고 있었는데, 누르스름하고 시커먼 돌이 데굴데굴 구르면서 목구멍으로 사라지는 듯하다가는 다시 나타나는 것이 잇새로 보였다. 이윽고 노인은 조약돌을 침대 저쪽으로 탁 뱉어냈다. 돌멩이는 데굴거리며 멀리 굴러갔다.

잠시 머뭇대던 뤄가 젓가락을 들고 옥구슬을 맛보고는 감탄사를 연발했다. 이번에는 바이핑의 간부 행세를 하던 내가 두 사람 흉내를 낼 차례였다. 소금국은 생각만큼 짜지 않았으며, 조약돌은 입 안에 약간 쌉쌀한 단맛을 풍겼다.

노인은 우리 잔에 화주를 쉴 새 없이 따르며 연신 술잔을 비우라고 말했다. 그 사이에, 우리 세 사람의 입에서 튀어나간 조약돌들이 포물선을 그리며, 이미 방바닥을 덮고 있는 돌멩이들과 부딪쳐 때로는 맑고 때로는 둔탁하거나 경쾌한 소리를 냈다.

노인은 원기 왕성했고, 진정한 의미에서 직업의식이라고 할 만한 것까지 갖추고 있었다. 노래를 부르

기에 앞서서 노인은 밖으로 나가더니 시끄럽게 삐걱
거리는 바퀴를 세웠다. 그러곤 음향효과를 고려해서
창문까지 닫았다. 여전히 웃통을 드러낸 채로 노인
은 허리띠 삼아 매고 있던 새끼줄을 고쳐 매더니 벽
에서 삼현악기를 내렸다.

"옛날 노래를 듣고 싶다고 했지?"

노인이 우리에게 물었다.

"네, 중요한 기관지에 낼 겁니다. 영감님만이 우리
를 구해주실 수 있습니다. 우리에게 필요한 건 혁명
의 낭만적 감정을 사실적으로 솔직하게 드러낸 노래
입니다."

뤄는 솔직하게 말했다.

"낭만적이라니, 그게 무슨 뜻인가?"

잠시 생각해보던 뤄가 하늘에 대고 맹세를 하는
증인처럼 가슴에 손을 얹고 말했다.

"그건 감정과 사랑입니다."

노인의 뼈마디가 튀어나온 손가락들이 기타처럼
들고 있는 악기의 현을 퉁겼다. 첫째 음이 울리고 나
서 노인은 들릴락말락한 소리로 흥얼거렸다.

무엇보다 먼저 우리의 관심을 끈 것은 노인의 음
성과 멜로디와 그 밖의 모든 것을 완전히 신비스러
운 것으로 바꾸는 복부의 움직임이었다. 어떻게 배

를 저렇게 움직일 수 있을까! 사실 바짝 마른 노인에게 복부라고 할 만한 것이 없었다. 그러나 그 부분의 쭈글쭈글한 살가죽에는 이루 헤아릴 수 없을 만큼 많은 잔주름이 잔뜩 잡혀 있었다. 노인이 노래를 부를 때, 볕에 그을려 울긋불긋 얼룩진 배에서는 잔주름들이 흡사 밀물과 썰물처럼 움직이고, 그에 따라 허리띠 삼아 매고 있는 새끼줄이 미친 듯이 흔들렸다. 어떤 때는 새끼줄이 물결 같은 주름 속에 휩싸여 보이지 않기도 했지만, 조수의 흐름 속으로 완전히 사라졌나보다 생각하는 순간 다시 의연하게 떠오르곤 했다. 실로 경이로운 새끼줄이 아닐 수 없었다.

이윽고 방앗간 노인의 약간 쉰 듯하면서 깊게 울리는 목소리가 방 안을 쩌렁쩌렁 울렸다. 노인은 뭐와 나의 얼굴에 때로는 다정한 공모의 눈초리를, 때로는 약간 혼란스런 눈초리를 보내면서 노래했다.

노인이 부른 노래는 이런 것이었다.

말해봐,
늙어빠진 이가
두려워하는 것은 뭐지?
끓는 물,
끓는 물을 두려워하지.

그럼 젊은 비구니가
두려워하는 것은 뭐지?
늙다리 중을 두려워하지
오직 늙다리 중만.

뤄와 나는 킬킬거리며 웃기 시작했다. 우리는 정말로 참으려고 애를 썼지만, 도저히 참을 수 없을 정도로 웃음이 치밀어 급기야 폭발하고 말았다. 방앗간 노인은 의기양양한 미소를 짓고 배에 주름의 물결을 만들며 계속해서 노래를 불렀다. 뤄와 나는 웃음을 그치지 못한 나머지 바닥에 데굴데굴 구르며 자지러지게 웃었다.

눈물까지 글썽이면서 일어난 뤄가 술병을 들어 술잔을 채우는 동안 늙은 소리꾼은 산골 사람들의 낭만적 감정이 있는 그대로 드러난 노래를 마침내 끝마쳤다.

"먼저 영감님의 성스러운 배에 건배합시다."

뤄가 제안했다.

소리꾼은 술잔을 든 채 자기 배를 만져봐도 좋다고 말하고는, 노래를 부르지 않는데도 일부러 구경시켜주기 위해 숨을 들이쉬며 배를 움직였다. 우리는 건배를 하고는 단숨에 술잔을 비웠다. 한순간 우리 모두 아무 반응을 보이지 않았다. 그러나 다음 순간 뭔가가 목구멍을 치밀고 올라왔다. 나는 너무나 이상한 느낌에 내가 맡았던 역할도 잊은 채 거침없는 쓰촨성 사투리로 노인에게 이렇게 물었다.

"이 술은 뭐죠?"

내 말이 떨어지자마자 우리 세 사람 모두 일제히 입속에 든 것을 뱉어냈다. 뤼가 술병을 혼동했던 것이다. 그가 우리 잔에 따른 것은 화주가 아니라 남포용 석유였다.

'하늘긴꼬리닭' 산에 도착한 이후로 '안경잡이'의
입술에 행복한 미소가 번지기는 아마 그때가 처음이
었을 것이다. 날씨는 무더웠다. 그의 콧잔등에 땀방
울이 맺히고 안경이 미끄러져 하마터면 두 번이나
떨어져 깨질 뻔했다. 그런데도 그는 소금국물과 화
주와 석유가 온통 지저분하게 얼룩진 종이에 받아
적어온 방앗간 노인의 노랫말을 읽느라 정신이 없었
다. 노랫말은 모두 열여덟 편이었다. 신발이고 옷이
고 벗을 기운이 없을 정도로 파김치가 된 뤄와 나는
침대에 그대로 뻗어버렸다. 우리는 새벽녘까지 눈에
보이지 않는 야수의 으르렁대는 울음소리에 쫓기다
시피 하면서 대나무숲을 지나 거의 밤새도록 산속을

걸어왔기 때문에 손가락 하나 까딱할 수 없을 정도로 기진해 있었다. 그런데 갑자기 '안경잡이'의 얼굴에서 미소가 사라지더니 어두운 표정이 되었다.

"이런 빌어먹을! 온통 추잡한 것들만 적어왔잖아!"

그가 우리에게 외쳤다.

고함치는 그의 모습은 꼭 노발대발한 지휘관 같았다. 나는 그의 말투가 언짢았지만 입을 다물고 있었다. 우리가 '안경잡이'에게서 기대하는 것은 임무를 수행한 데 대한 보답으로 책 한두 권 정도를 빌려보는 것뿐이었다.

"우리한테 산골 사람들의 감정이 그대로 드러난 노래를 부탁했잖아."

뤄는 부드러운 목소리로 그가 했던 말을 상기시켰다.

"맙소사! 난 낭만적인 감정이 사실적으로 담긴 노랫말을 원한다고 분명히 말했어."

그렇게 말하면서 '안경잡이'는 손가락 사이에 든 종잇조각을 우리 머리 위에 대고 마구 흔들어댔다. 파닥거리는 종이 소리와 함께 선생님이라도 되는 양 훈계하는 소리가 들려왔다.

"너희 둘은 왜 언제나 금지된 음담패설에만 관심이 있는 거야?"

"그건 너무 지나친 말 아냐?"

뤄가 말했다.

"내가 지나치다구? 나더러 이걸 인민공사위원회에 제출하라는 거야? 방앗간 영감은 외설적인 노래를 퍼뜨린 죄로 고발될 수도 있어. 그러면 영감은 끽소리도 못하고 감옥에 끌려가게 된다구!"

갑자기 나는 그런 '안경잡이'가 몹시 역겨워졌다. 그러나 지금은 감정을 폭발할 때가 아니었기 때문에 나는 그가 우리에게 책을 넘겨주기로 한 약속을 지킬 때까지 꾹 참기로 작정했다.

"그럼 어서 그렇게 해. 어서 밀고하지 뭘 기다리고 있어? 나는 그 영감님이 부르는 노래, 그 목소리, 배의 움직임, 노랫말이 전부 다 마음에 들어. 내게 돈이라도 있다면 돌아가서 드리고 싶은 심정인걸."

뤄가 말했다.

침대 가장자리에 걸터앉은 '안경잡이'는 깡마른 다리를 탁자 위에 올려놓고는 몇 장을 다시 읽어보았다.

"기껏 이런 추잡한 것들을 적자고 시간을 낭비하다니 정말 놀랍군! 기관지가 이런 걸 실어줄 거라고 생각할 정도로 멍청한 건 아니겠지? 설마 이런 글로 내게 편집의 문이 열릴 거라고 생각한 건 아니겠지?"

어머니로부터 편지를 받은 이후로 '안경잡이'는 완전히 딴사람이 돼 있었다. 며칠 전까지만 해도 엄두도 내지 못했을 말투를 함부로 쓰고 있었다. 나는 앞날에 대한 작은 희망이 사람을 그토록 변하게 만들 수 있다는 사실을 미처 알지 못했다. 그는 완전히 돌아버린 사람처럼 목소리에 힘을 잔뜩 주며 거들먹거렸다. 그는 우리에게 빌려주기로 한 책에 대해서는 여전히 한마디도 하지 않았다. '안경잡이'는 침대에 노랫말을 적은 원고를 버려둔 채 벌떡 일어나더니 부엌으로 들어갔다. 식사준비를 하는지 채소를 써는 소리가 들려왔다. 그는 연신 입을 놀리고 있었다.

"너희들이 적어온 것을 당장 불사르든지 아니면 주머니 속 깊숙이 감추라고 충고하겠어. 그런 금지된 추잡한 글이 내 침대에 굴러다니는 꼴을 보고 싶지 않아!"

"책 한두 권만 주면 가겠어."

뤄가 이렇게 말하면서 부엌으로 갔다.

"무슨 책을 말하는 거야?"

'안경잡이'가 여전히 배추인지 무인지를 계속 썰면서 말했다.

"우리에게 약속했던 책 말이야."

"날 바보로 아는 거야? 내가 뭘 약속했다고 그래?

너희가 가져온 한심한 원고는 나를 난처하게 만들 뿐이라구. 그런 걸 가져와서는 뻔뻔스럽게……."

그 순간 '안경잡이'가 말을 멈추더니 식칼을 든 채 방으로 뛰어들어왔다. 그는 침대에 흩어진 원고들을 주워들더니 환한 곳에서 보기 위해서인 듯 창가로 가져가 다시 한 번 읽었다.

"아, 이러면 되겠어. 낱말 몇 개를 더하거나 빼서 노랫말을 조금만 바꾸면 될 것 같아…… 너희보다는 내가 머리가 잘 돌아가니까 그 정도쯤은…… 내가 더 똑똑한 건 확실해!"

그가 외쳤다.

그는 더 생각하고 말고 할 것 없이 자기가 즉석에서 각색한 첫째 절을 우리에게 들려주었다.

말해봐,
하찮은 부르주아들이
두려워하는 것은 뭐지?
프롤레타리아의 흥분한 물결.

참았던 감정이 폭발하고 만 나는 벌떡 일어나 그에게 달려들었다. 처음엔 그저 화가 치밀어서 '안경잡이'에게서 종잇장을 빼앗을 생각이었는데, 나도 모르는 사이에 그의 얼굴을 갈기고 말았다. 그는 칼을 떨구고 벽에 뒤통수를 부딪혔다. 그의 코에서 코피가 흐르기 시작했다. 나는 종잇장을 갈기갈기 찢어 입속에 쑤셔넣고 싶었지만, '안경잡이'는 그런 상황에서도 종이를 놓지 않았다.

오랫동안 싸움이라는 걸 해보지 않았기 때문에 난 잠시 머뭇거렸다. 나는 다음 순간 무슨 일이 벌어졌는지도 깨닫지 못했다. 그의 입이 크게 벌어지는 것이 보이긴 했지만 울부짖는 소리는 들리지 않았다.

정신을 차리고 보니 뤄와 나는 바위 아래쪽 길가에 앉아 있었다. 뤄는 '안경잡이'의 피가 묻은 나의 윗옷을 가리키면서 말했다.

"너는 꼭 전쟁영화에 나오는 주인공 같더라. 이제 발자크는 물 건너갔어."

누군가 내게 용징이 어떤 도시냐고 물어올 때마다 예외 없이 나는 내 친구 뤄가 하는 말로 대답한다. 도시가 어찌나 작은지 시청 식당에서 양파를 넣은 쇠고기 요리를 하면 온 도시 전체에 냄새가 퍼진다고.

　실제로 용징에는 고작 이백여 미터 정도밖에 되지 않는 거리 하나에, 그 거리를 따라 시청과 우체국, 상점, 서점, 중학교, 식당 등이 각각 하나씩 있으며, 식당 뒤편으로 객실 열두 개짜리 여관이 하나 있었다. 언덕 중턱에 자리잡은 도시 어귀에는 관할 병원이 있었다.

　그해 여름, 우리 마을 촌장은 여러 차례 우리를 용징에 보내서 영화를 관람시켰다. 우리에게 그런 자유를 주는 진정한 이유는 우리의 작은 자명종, 일 초에 한 번씩 쌀을 쪼아먹는 공작깃털을 가진 거만한 수탉이 촌장에게 행사하는 물리칠 수 없는 유혹 때문이라는 것이 내 생각이었다. 공산주의자로 전향한 예전의 아편 농사꾼은 그 시계에 홀딱 빠져 있었다. 그가 시계를 잠시나마 소유할 수 있는 유일한 방법은 우리를 용징으로 보내는 것이었다. 오고 가는 데 걸리는 나흘 동안 촌장은 자명종의 주인이 되곤 했다.

8월 말경, 다시 말해서 그 싸움 때문에 '안경잡이'와의 관계가 끊어지고 한 달쯤 지난 후, 우리는 다시 그 도시로 갔다. 이번에는 바느질 처녀와 함께였다.

관객이 가득 들어찬 중학교 농구장에서 상영된 영화는 뤄와 내가 이미 보고 마을 사람들에게 들려주었던 북한영화 〈꽃 파는 처녀〉였다. 바느질 처녀의 집에서 네 명의 무당에게 뜨거운 눈물을 펑펑 쏟게 했던 바로 그 영화였다. 다시 볼 필요가 없는 시시한 영화였지만, 그렇다고 해서 기분이 완전히 잡친 것은 아니었다. 우선, 우리는 그 도시에 다시 발을 들여놓았다는 사실에 만족했다. 아, 그 도시의 분위기! 비록 크기는 손바닥만 했지만, 그 분위기 때문에 똑같은 쇠고기 요리라도 우리 마을에서 나는 것과는 냄새부터 달랐다. 게다가 그 도시에는 전기가 들어

와서 남포만 사용하는 우리 마을과는 비교도 되지
않았다. 그렇다고 해서 그 도시에 반했다는 뜻은 아
니다. 하지만 영화를 관람하기로 되어 있는 우리의
임무는 우리로 하여금, 나흘 간의 밭일, 나흘 간의
'인간과 동물의 똥'을 지고 나르는 일, 또는 긴 꼬리
에 얼굴을 얻어맞을 위험이 늘 도사리고 있는 물소
를 끌고 논의 진창 속을 걷는 일 등으로부터 벗어날
수 있게 해주었다.

　우리를 기분 좋게 만드는 또 한 가지 이유는 바느
질 처녀와 동행했다는 사실이었다. 영화가 시작되고
나서 도착했기 때문에 우리는 스크린 뒤쪽에 서서
앞뒤가 바뀐 채로 봐야 했다. 스크린의 울긋불긋한
빛이 반사된 그녀의 아름다운 얼굴을 보는 것이 우
리에겐 더할 수 없는 즐거움이었다. 간혹 어둠이 덮
칠 때는 인처럼 반짝이는 그녀의 두 눈밖에 보이지
않을 때도 있었다. 그러다 다음 순간 장면이 바뀌면
그 얼굴이 빛나기도 하고 붉게 상기되기도 하고 마치
황홀한 꿈이라도 꾸듯 환하게 밝아지기도 했다. 그녀
는 적어도 그 자리에 모인 이천 명 이상의 여자들 중
에서 제일 아름다웠다. 주위 남자들의 질투 어린 시
선이 쏠릴 때마다 우리의 가슴속에서는 남자의 허영
심이 솟아오르곤 했다. 영화가 시작된 지 삼십 분 가

량 지났을 때 그녀가 고개를 돌리더니, 내 귀에다 이렇게 속삭였다. 그 말에 나는 자지러지고 말았다.

"이 영화를 네가 이야기해주면 훨씬 더 재미있겠는데."

우리가 묵은 여관은 숙박비가 무척 쌌다. 방 하나에 양파를 넣은 쇠고기 요리값과 맞먹는 50지아오角(5위안元)밖에 되지 않았다. 밤 당번을 서는 대머리 노인이 마당에 놓인 의자에 앉아 졸고 있는데 우리와 낯익은 사이였다. 노인은 불 켜진 방을 가리키며 그 방에 사십대 가량의 멋쟁이 부인이 묵고 있다고 말했다. 그 부인은 우리 지방의 주도인 청두에서 왔는데, 다음날 '하늘긴꼬리닭' 산으로 떠날 거라고 했다. 그러면서 작은 소리로 이렇게 덧붙였다.

"부인이 사는 도시에 좋은 일자리가 나서 아들을 데리러 온 거라더군."

"부인의 아들이 재교육을 받고 있나 보죠?"

뤄가 물었다.

"그래, 너희들처럼 말이야."

우리의 산에서 재교육을 받고 있는 백 명의 젊은이 중에서 제일 먼저 해방되는 행운아가 과연 누굴까? 그 의문은 적어도 그날 밤 내내 머리에서 떠나지 않았다. 질투심에 사로잡힌 우리는 열까지 나면서 머리가 지끈지끈 쑤셨다. 여관 침대가 뜨거워져서 도저히 그 위에서는 잠을 이룰 수 없을 정도로. 우리는 '안경잡이' 같은 '부르주아의 아들', 또는 우리 같은 '인민의 적의 아들'을 제외한 나머지 청년들의 이름을 열거해보았지만, 그 행운아가 누구인지 도무지 짐작할 수 없었다.

그 다음날, 돌아가는 길에 나는 아들을 구제하러 왔다는 그 부인과 맞닥뜨렸다. 산길이 바위 틈을 지나 까마득하게 높은 산봉우리의 흰 구름 속으로 막 사라지기 직전이었다. 발밑으로는 티베트인과 중국인의 무덤들이 경사면 가득 펼쳐져 있었다. 바느질 처녀가 자기 외할아버지 무덤을 알려주려 했는데, 나는 묘지에 가는 것을 아주 싫어해서 뤄와 그녀만 비석의 숲으로 들어갔다. 비석 중에는 땅에 반쯤 박힌 것도 있고, 무성한 풀에 가려 잘 보이지 않는 것들도 있었다.

나는 산길 한옆으로 튀어나온 바위 밑에서 여느 때처럼 나뭇가지와 낙엽을 모아 불을 피운 다음, 보따리에서 고구마 몇 개를 꺼내 잿속에 넣고 구웠다. 한 젊은이가 가죽끈으로 나무의자를 등에 고정시킨 채 나타난 것은 바로 그때였다. 의자 위에는 부인이 앉아 있었다. 그런데 놀랍게도 그처럼 위태로운 자

116

리에서도 부인은 흡사 자기 집 발코니에 있기라도
한 듯 태연하게 뜨개질을 하고 있었다.

호리호리한 부인은 진녹색 코듀로이 상의에 베이
지색 양모바지, 굽 낮은 연두색 가죽구두 차림이었
다. 내가 있는 곳까지 올라온 젊은이가 잠시 쉬었다
가려는 듯 편평한 바위 위에 의자를 내려놓았다. 부
인은 의자에서 내리지도, 내가 굽는 고구마 쪽으로
눈길을 주지도, 자기를 지고 올라온 젊은이에게 수
고했다는 말조차 건네지 않은 채 뜨개질만 계속했
다. 나는 그 지방 억양을 흉내내어, 혹시 간밤에 그
도시 여관에 묵지 않았느냐고 부인에게 물어보았다.
부인은 그렇다는 듯이 고개를 끄덕이고는 뜨개질을
계속했다. 특별히 티가 나는 것은 아니지만 고상한
부잣집 마나님에 틀림없어 보였다.

나는 나뭇가지로 잿더미 속에서 고구마 하나를 찍
어, 흙과 재를 털어냈다. 나는 이번엔 말씨를 바꾸기
로 했다.

"산골의 군고구마 맛 좀 보시겠어요?"

"어머, 청두 말씨를 쓰는군요!" 하고 외치는 부인
의 음성은 부드럽고 상냥했다.

나는 내가 청두 출신이며 그곳에 아직 가족이 있
노라고 부인에게 설명했다. 그러자 부인은 비로소

뜨개질 거리를 손에 든 채로 의자에서 내리더니 모닥불 앞에 쭈그리고 앉았다. 부인은 땅바닥에 그런 자세로 앉는 것이 익숙지 않아 보였다.

부인은 미소를 지으며 내가 내민 군고구마를 받아들더니 뜨거운 듯 호호 불었다. 부인은 왠지 고구마를 베어 먹기가 망설여지는 모양이었다.

"이곳에서 재교육을 받고 있나요?"

"네, '하늘긴꼬리닭' 산에서 재교육을 받고 있어요."

나는 잿속의 고구마를 뒤적거리며 그렇게 대답했다.

"그게 정말인가요?"

놀란 부인이 외쳤다.

"내 아들도 그 산에서 재교육을 받고 있어요. 어쩌면 그애를 알지도 모르겠군요. 안경 낀 애는 흔치 않을 테니까 말이에요."

그 말에 내가 겨냥한 나뭇가지가 엉뚱한 데를 찔렀다. 마치 따귀라도 맞은 듯 머리가 지끈지끈 울렸다.

"그럼 부인께서 '안경잡이'의 어머니세요?"

"그래요."

"결국 '안경잡이'가 제일 먼저 해방되는군요!"

"어머, 그 일을 알고 있군요. 맞아요, 그애는 우리 지방 문학지 편집실에서 일하게 됐지요."

"'안경잡이'는 산골 사람들의 노래를 아주 잘 알지요."

"알아요. 우린 그애가 산속에서 시간만 마냥 허비하는 건 아닐까 몹시 걱정했는데 그렇지 않았어요. 그애가 수집한 노래가사들을 보냈는데, 편집장이 그 가사를 아주 마음에 들어했답니다."

"그건 부인께서 아드님에게 읽을 책을 많이 주셨기 때문일 거예요."

"물론 그래요."

다음 순간 부인은 입을 다물더니 경계하는 눈빛으로 나를 뚫어지게 쳐다보았다.

"책이라니요? 난 그런거 준 적 없어요."

부인이 차가운 어조로 말했다.

"고구마, 아주 잘 먹었어요."

부인은 지나치리만큼 예민했다. 그녀는 연기가 나는 잿속에 슬그머니 고구마를 내려놓고는 자리에서 일어나 저쪽으로 걸어갔다. 나는 공연히 책 이야기를 꺼냈다고 후회했다.

그때 갑자기 부인이 내게 돌아오더니 내가 걱정하던 질문을 던졌다.

"그런데 젊은이의 이름이 뭐죠? 내 아들에게 학생을 만났다고 얘기를 해줄 테니까."

119

"제 이름 말인가요?"

나는 잠시 망설인 끝에 이렇게 말했다.

"전 뤄라고 합니다."

내 입에서 그런 거짓말이 튀어나온 순간, 난 나 자신이 몹시 원망스러웠다. 그런데 '안경잡이'의 어머니가 마치 오랜 친구를 대하듯 부드러운 목소리로 이렇게 말하는 것이었다.

"그 훌륭한 치과의사 선생님 아드님이로군요! 정말 반가워요! 학생의 아버님께서 마오 주석의 치아를 치료했다는 게 정말인가요?"

"그 얘긴 누구한테 들으셨어요?"

"내 아들이 편지에 그렇게 썼어요."

"저는 모르는 일이에요."

"아버님께서 그 얘기를 한 적이 없었나요? 정말 겸손한 분이시군요! 아주 훌륭한 치과의사가 틀림없어요."

"아버님은 지금 감옥에 계세요. 반동분자로 몰리셨거든요."

"알고 있어요. 우리 집 양반의 상황도 그분 못지않게 나쁘거든요(여기서 부인은 목소리를 한껏 낮추어 소곤거렸다). 하지만 너무 걱정하지 말아요. 언제고 사회가 훌륭한 의사들을 필요로 할 때가 올 거예요. 그

러면 마오 주석께서도 학생의 아버지를 다시 필요로
하실 거예요."

"아버지를 만나게 되는 날이 오면, 부인의 호의적
인 말씀을 잘 전해드리겠어요."

"학생도 그냥 허송세월을 보내지는 말아요. 봐서
알겠지만 내가 쉴 새 없이 이 파란 스웨터를 짜고 있
는 건 그저 눈가림일 뿐이에요. 사실은 뜨개질을 하
면서 머릿속으로는 시를 짓고 있지요."

"정말 놀랍군요! 어떤 종류의 시예요?"

"그건 직업상의 비밀이에요."

부인은 뜨개질바늘로 고구마를 찍어서 껍질을 벗
기고는 그 뜨거운 것을 입에 넣었다.

"내 아들이 학생을 아주 좋아하고 있는 거 알아
요? 학생에 대한 얘기를 편지에 자주 썼어요."

"정말인가요?"

"그래요, 그 아이가 싫어하는 사람은 학생과 같은
마을에 있다는 그 친구예요."

놀라운 사실이었다. 나는 뭐라고 신분을 밝히길
잘했다고 생각했다.

"그 친구는 왜 싫어하나요?"

나는 침착한 어조를 유지하려고 애를 쓰면서 물었다.

"그 학생은 성격이 좀 비뚤어진 것 같아요. 그 학

생은 내 아들이 무슨 가방을 감췄다면서 만나러 올 때마다 집 안을 뒤진다는군요."

"책이 들어 있는 가방 말인가요?"

"난 그 일에 대해선 아무것도 몰라요."

부인이 다시 경계의 눈초리로 나를 쳐다보면서 말했다.

"언젠가 그 학생의 그런 태도를 도저히 참을 수가 없어서 아들이 주먹으로 한 대 때려 코피를 터뜨리게 한 일도 있나 봐요."

나는 하마터면, 그건 말도 안 되는 거짓말이며, '안경잡이'는 산골 노래를 위조하는 것 말고 차라리 영화나 만들면 좋을 거라고, 그런 유치한 장면이나 꾸미는 데 세월을 보내는 편이 나을 거라고 말할 뻔했다.

"내 아들이 누군가를 때릴 정도로 힘센 아이라는 건 미처 몰랐답니다. 난 편지로, 그런 위험한 싸움을 다시는 하지 말라고 나무랐어요."

"'안경잡이'가 우리 곁을 영영 떠난다는 걸 알면 제 친구도 무척 섭섭하게 여길 거예요."

"그건 왜죠? 복수를 할 생각이 있나요?"

"아마 그건 아닐 거예요. 하지만 그 비밀가방을 손에 넣을 희망이 없어질 테니까요."

"물론 그 학생한테는 이만저만 실망이 아니겠죠!"

그때 짐꾼으로 따라온 젊은이가 길을 떠나자고 재촉했다. 부인은 내게 행운을 빈다고 하면서 다시 만나자고 했다. 부인은 의자에 앉아 다시 뜨개질을 시작했으며, 이윽고 부인을 실은 의자는 내 시야에서 사라졌다.

바느질 처녀의 조상이 묻혀 있다는 둥그런 봉분은 산길에서 꽤 떨어진, 남쪽 한구석의 초라한 무덤들 사이에 있었다. 주위에는 비석만 남은 무덤도 있고, 좀 나은 것도 반쯤 시든 높다란 풀섶에 비석이 비스듬히 기울어져 있었다. 바느질 처녀가 절하는 무덤은 시시하리만큼 초라했고, 수십 년 동안 비바람에 부식되어 푸른 결이 드러난 잿빛 비석에는 망자의 이름과 별 볼일 없는 삶이 연대와 함께 새겨져 있었다. 그녀는 뤄와 함께 주변에서 꺾어온 꽃을 무덤에 바쳤다. 매끄러운 초록잎이 하트 모양으로 달린 다목, 다소곳이 고개 숙인 시클라멘, '선녀'라는 별명이 있는 봉선화, 아주 희귀한 새하얀 젖빛 꽃잎의 야생 난초들을 보니 거친 마음이 가라앉는 느낌이었다.

"표정이 왜 그런 거야?"

바느질 처녀가 내게 외쳤다.

"난 지금 발자크를 잃은 슬픔에 잠겨 있어."

내가 말했다.

나는 두 사람에게 뜨개질하는 아줌마처럼 변신한 시인, '안경잡이'의 어머니와 만났던 일을 간단하게 얘기해주었다. 방앗간 노인의 노래에 대한 부끄러운 표절행위나 발자크와의 이별, '안경잡이'의 임박한 해방에도 그들은 나만큼 놀라지 않았다. 그러나 내가 즉흥적으로 연기한 치과의사 아들 역할 이야기에 그들은 고요한 묘지가 떠나갈 정도로 폭소를 터뜨렸다.

나는 바느질 처녀가 웃는 모습에 다시 한 번 매료되었다. 그것은 노천 영화가 상영되는 동안에 내 마음을 사로잡았던 것과는 다른 아름다움이었다. 그 웃는 모습이 얼마나 귀여운지, 그애가 뤄의 여자친구이건 말건 당장에라도 결혼하고 싶을 정도였다. 나는 그녀의 웃음에서 무덤에 놓인 꽃보다 더 짙은 야생 난초 향기를 맡았고 그 뜨거운 숨결에서 사향 냄새를 맡았다.

그녀는 뤄와 나를 곁에 세워둔 채 조상의 무덤 앞에 무릎을 꿇었다. 그러고는 몇 번씩 절을 올리면서 다정한 어조로 조상님께 뭔가를 아뢰었다.

얼마 후 그녀는 우리 쪽을 돌아보며 이렇게 말했다.

"우리, '안경잡이'의 책을 훔치자."

우리는 바느질 처녀의 중계로 '안경잡이'의 출발
일로 예정된 9월 4일 이전, 며칠 사이에 그 마을에서
일어나는 모든 일에 대한 정보를 얻었다. 그녀는 재
봉사라는 직업 덕분에 주위의 마을 사람들은 물론
촌장과 아이들이 떠드는 말까지 정리해서 온갖 일들
에 대해 훤히 알고 있었다. 그녀가 모르는 소식이란
없었다.

'안경잡이'와 시인인 그의 어머니는, 마을을 떠나
기 전날 재교육 마감을 성대하게 축하하는 잔치를
열기로 했다. 그의 어머니에게 매수된 촌장이 잔치
때 쓸 물소를 마을 사람들이 잡도록 허락했다는 소
문도 나돌았다.

어떤 물소가 희생될지, 그리고 어떤 방식으로 도살할 것인지에 대해서는 아직 알려진 바가 없었다. 농사 짓는 물소를 잡는 일은 법으로 금지돼 있었던 것이다.

그 행운아의 유일한 친구는 우리밖에 없는데도 잔치 손님의 명단에서 우리 이름은 빠져 있었다. 그러나 잔치가 벌어질 때야말로 '안경잡이'의 비밀가방을 훔칠 절호의 기회라고 여긴 우리는 그 일이 전혀 서운하지 않았다.

뤄는 바느질 처녀의 집에서 그녀의 어머니가 옛날에 혼수로 가져온 장롱서랍을 뒤져 녹슨 대못을 찾아냈다. 우리는 그것으로 진짜 도둑처럼 만능열쇠를 만들기로 한 것이다. 정말 신나는 일이었다. 나는 손가락에 불이 날 정도로 제일 긴 못을 돌에 갈았다. 그런 다음 진흙이 덕지덕지 말라붙은 바지에 못을 닦고 문질러 반들반들하게 만들었다. 그 못에 내 눈과 늦여름 하늘까지 비쳐 보일 것 같았다. 뤄가 가장 힘든 일을 맡았다. 그는 한 손으로 못을 잡은 채 돌에 올려놓고 다른 한 손으로 망치질을 했다. 망치가 허공에서 우아한 곡선을 그리면서 뾰족한 못 끝을 납작하게 만들었다가는 다시 튀어오르곤 했다……

그 집으로 침입하기 하루 아니 이틀 전, 나는 뤄가

내게 만능열쇠를 맡기는 꿈을 꿨다. 안개가 자욱한 날, 나는 까치발을 하고서 살금살금 '안경잡이'의 집에 다가갔다. 뤼는 나무 밑에서 망을 보았다. 마을 한복판 빈 터에서 홍청거리는 마을 사람들의 혁명가와 고함 소리가 들려왔다. '안경잡이'의 집 대문은 두 짝의 나무문이었고, 각각이 상인방과 문턱에 난 구멍을 축으로 여닫히게 돼 있었다. 문은 동으로 만든 맹꽁이자물쇠에 고정된 사슬로 잠겨 있었다. 안개 때문에 축축하게 젖어 차가워진 맹꽁이자물쇠는 한동안 나의 만능열쇠에 저항했다. 만능열쇠를 온갖 방향으로 돌렸는데 어찌나 힘껏 돌렸는지 하마터면 열쇠 구멍 속에서 부러질 뻔했다. 그래서 나는 문턱의 구멍에서 축을 빼내기 위해서 문짝 하나를 들어 올리려고 안간힘을 써보았다. 그러나 그것도 실패로 끝났다. 다시 만능열쇠로 시험해보던 중에 갑자기 찰칵 하는 소리가 나더니 맹꽁이자물쇠가 마침내 굴복하고야 말았다. 대문을 열고 들어갔지만, 집 안에 들어서기가 무섭게 못 박힌 듯이 서고 말았다. 눈앞에 '안경잡이'의 어머니가 있는 것이 아닌가! 부인은 식탁 앞의 의자에 앉아서 평온하게 뜨개질을 하고 있었다. 부인은 아무 말 없이 내게 미소를 지어 보였다. 나는 처음으로 연애를 하러 나간 수줍은 소년처럼 귀가 화끈거리면서 얼굴이 빨개지는 걸 느꼈다. 부인은 도둑이야, 하고 소리치지 않았다. 나는 말을 더듬거리면서 아들이 있느냐고 물었다. 부인은 아무런 대답 없이 여전히 미소만 지었다. 그러면서 부인은 검버섯과 주근깨가 가득한, 뼈마디가 튀어나온 긴 손가락으로 잠시도 쉬지 않고 뜨개질만 했다. 돌아가고 돌아가다가 위로 올라가서 찌르고는 원상태로 돌아왔다가 사라지는 바늘의 움직임 때문에 눈이 어지러울 정도였다. 나는 돌아서서 문지방을 넘어선 다음, 조용히 문을 닫고 맹꽁이자물쇠를 다시 채운 뒤 안에서 아무런 소리도 나지 않는데도 걸음아 나 살려라 도망쳤다. 그 순간에 나는 소스라치게 놀라면서 잠을 깼다.

뤄는 경험 없는 도둑에게는 항상 행운이 따른다고 내게 되뇌면서도 나만큼이나 두려워하고 있었다. 그는 오랫동안 내 꿈을 곰곰이 생각하더니 습격 계획을 수정했다.

'안경잡이'와 그의 어머니가 떠나기 전날인 9월 3일 정오, 죽어가는 물소의 고통스러운 비명이 깊은 절벽 밑에서 올라와 멀리멀리 울려퍼졌다. 바느질 처녀의 집까지 들렸을 정도였다. 몇 분 후 아이들이 와서 '안경잡이'가 사는 마을 촌장이 고의적으로 물소한 마리를 협곡으로 떠밀었다는 사실을 전해주었다.

그 살생은 사고로 위장되었다. 아주 위험한 절벽 모퉁이에서 발을 헛디딘 물소가 낭떠러지에서 굴러 떨어지는 돌멩이처럼 뿔을 앞으로 한 채 외마디 소리를 지르며 허공 아래로 떨어지다가 중간에 튀어나온 바위에 부딪혀 퉁겨오르는가 싶더니 다시 십여 미터 아래쪽 바위에 부딪혀 으스러졌다…… 이것이 물소를 죽인 사람의 말이었다.

그 물소는 아직 숨이 끊어지지 않은 상태였다. 나는 끊임없이 들려오던 물소의 애처로운 비명을 들으며 소름 끼치는 충격에 사로잡혔다. 그 일은 결코 잊지 못할 것이다. 집까지 들려오는 물소의 찢어지는 듯한 비명은 불쾌감을 주었으며, 무덥고 고요한 그날 오후 첩첩산중 낭떠러지의 암벽에 부딪혀 메아리치던 그 무시무시한 소리는 흡사 우리 속에 갇힌 사자의 포효 같았다.

뤄와 나는 세 시쯤 그 비극의 현장에 가보았다. 물소의 비명은 그쳐 있었다. 우리는 사람들을 밀치고 절벽 끝까지 가보았다. 사람들의 말에 의하면 인민공사위원장이 물소의 도축 허가를 내주었으며, 합법적인 허가에 기운이 난 촌장과 '안경잡이', 그 밖의 몇몇 사람들이 물소의 목에 칼을 꽂기 위해 아래로 내려갔다고 했다.

우리가 도착했을 때는 이미 도살이 끝나 있었다. 우리는 절벽 아래쪽에 마련된 처형장 쪽으로 눈길을 돌렸다. 널브러진 물소 앞에 '안경잡이'가 웅크리고 앉아 짐승의 목에 난 상처에서 흐르는 피를 대나무살로 만든 커다란 모자에 받고 있었다.

여섯 명의 마을 사람들이 죽은 물소를 들쳐업고 노래를 부르며 가파른 절벽을 오르는 사이, 밑에 남은 '안경잡이'와 촌장은 대나무 모자를 옆에 두고 나란히 앉아 있었다.

"저기서 뭘 하는 거죠?"

내가 구경꾼에게 물어보았다.

"피가 응고되길 기다리는 거라네. 물소 피는 겁쟁이한테 아주 좋은 약이지. 자네들도 용감해지고 싶거든 아직 따뜻하고 거품이 일 때 저 피를 꿀꺽 삼켜보라구."

그 남자가 대답했다.

호기심 많은 뤼가 그 장면을 더 자세히 관찰하기 위해서 아래로 내려가보자고 했다. 이따금 '안경잡이'가 구경꾼들 쪽으로 고개를 들곤 했지만, 우리를 알아보았는지는 알 수 없었다. 이윽고 촌장이 날이 길고 예리한 칼을 꺼내들었다. 촌장은 손가락으로 조심스레 칼날을 쓸어보더니 굳은 핏덩이를 둘로 쪼갰다. 하나는 '안경잡이'의 몫이고 다른 한 덩어리는 자기 몫이었다.

'안경잡이'의 어머니 모습은 보이지 않았다. 만약 부인이 우리 옆에서, 마치 콧잔등으로 퇴비 더미를 뒤적이는 돼지처럼 자기 아들이 손에 올려놓은 핏덩이에 얼굴을 들이박고 있는 광경을 보았다면 어떻게 생각했을까? 지독한 '안경잡이'는 마지막 한 방울도 남기지 않겠다는 듯 손가락까지 쪽쪽 빨아먹었다. 돌아오는 길에도 그는 계속해서 입맛을 다시며 피의 맛을 음미했다.

"바느질 처녀가 같이 오지 않은 게 다행이야."

뭐가 말했다.

밤이 되었다. '안경잡이'의 마을 빈 터에 피운 화덕에서 연기 기둥이 솟아올랐다. 화덕에는 마을의 공동재산인 아주 큰 솥이 올라앉아 있었다.

멀리서 보면 자못 전원적이고 화기애애한 광경처럼 보였다. 거리가 멀어서 토막토막 잘린 채 큰 솥에서 삶아지는 물소 살점까지는 볼 수 없었지만, 양념과 어우러져서 익어가는 그 구수한 냄새 때문에 한심하게도 우린 군침을 흘리지 않을 수 없었다. 마을 주민들, 특히 여자와 아이들이 화덕 주위에 모여 있었다. 감자를 가져다 솥에 넣는 여자들, 불을 꺼뜨리지 않으려고 장작과 잔가지를 쑤셔넣는 여자들도 있었다. 솥 주위에 달걀과 옥수수, 온갖 과일들이 쌓였다. '안경잡이'의 어머니는 그 잔치의 주빈이었다. 그녀는 미인이라 할 수 있었다. 진녹색 코듀로이 상의 때문에 한층 싱싱해 보이는 그녀의 안색이 마을 사람들의 시커멓게 탄 구릿빛 피부와 확연한 대조를 이루었다. 가슴팍에는 무꽃 한 송이가 달려 있었다. 그녀가 마을 아낙네들에게 뜨개질하던 것을 보여주자, 아직 미완성인 그 편물에 모두들 감탄을 금치 못했다.

밤바람에 실려 입맛 나는 냄새가 자욱하게 풍겨왔다. 도살된 물소는 꽤 늙었던 모양이다. 그 가죽처럼 질긴 살코기를 익히는 것이 늙은 독수리를 익히는 것보다 더 시간이 걸렸다. 그 냄새는 도둑질을 하려는 우리의 인내심뿐 아니라 좀전에 피를 마셨던 '안경잡이'의 인내심도 시험했다. 우리의 눈에, 그가 안절부절못하면서 수도 없이 솥뚜껑을 열고 김이 무럭무럭 오르는 큼직한 고깃덩이 한 점을 젓가락으로 찍어 냄새를 맡고 안경 낀 눈앞에 바싹 들이대며 살펴보고는 실망한 듯 솥 안에 도로 집어넣는 광경이 보였다.

빈 터 맞은편 바위 뒤 그늘 속에 숨어 있던 내 귓가에 뤄의 속삭임이 들려왔다.

"저게 바로 송별식의 인기 종목이라구."

눈으로 그의 손가락을 좇던 내 눈에, 빈 터를 향해 다가오는 다섯 명의 노파가 보였다. 그들의 검정색 긴 치마가 가을바람에 펄럭였다. 아직 거리가 꽤 떨어져 있는데도 나는 그 여자들의 얼굴이 흡사 나무를 깎아 만든 자매처럼 서로 닮았다는 사실을 알 수 있었다. 그 가운데 네 명은 바느질 처녀의 집에 왔던 그 무당들이었다.

'안경잡이'의 어머니가 송별식에 무당들을 불러들인 것이다. 마을 사람들의 탐욕스러운 눈길 속에서 그녀가 지갑을 열더니 무당들에게 지폐를 한 장씩 주었다.

이번에는 한 명만 활과 화살을 가진 것이 아니라 다섯 명 모두 무장하고 있었다. 행운아를 멀리 데려가기 위해서는 말라리아에 걸린 병자의 혼을 지키는 것보다 더 많은 전사가 필요했던 것인지, 아니면 바느질 처녀가 굿에 낼 수 있던 돈이 인구 천만이라는 대도시의 유명한 시인이 제시한 액수와 큰 차이가 있었기 때문인지는 알 수 없었다.

이 빠진 사람의 입에서도 살살 녹을 만큼 물소 고

기가 푹 익기를 기다리는 동안 무당 하나가 '안경잡이'의 왼손 손금을 유심히 읽었다.

그렇게 먼 거리가 아닌데도 무당의 말소리는 우리가 있는 곳까지는 들리지 않았다. 무당은 마치 눈을 감기라도 하듯 눈꺼풀을 축 늘어뜨린 채 이가 다 빠져 쭈글쭈글한 입술을 들썩거리며 '안경잡이'와 그의 어머니의 관심을 끌 만한 말을 늘어놓았다. 무당이 말을 멈추자 모두들 숨을 죽인 채 부인을 쳐다보았으며, 잠시 후 마을 사람들이 술렁거리는 것이 보였다.

"무당이 뭔가 불길한 얘길 한 것 같아."

뤄가 말했다.

"'안경잡이'가 보물을 도둑 맞게 될 거라고 말했을지도 모르지."

"그게 아냐. 무당은 '안경잡이'의 길을 가로막는 악귀를 본 거라구."

그 말이 틀리지 않은 것 같았다. 바로 그 순간에 무당 다섯 명이 일어나더니 활을 쳐들어 팔을 크게 휘두르고 날카로운 비명을 지르면서 서로 활을 맞대는 것이 아닌가.

그러고 나서 무당들은 불 주위에서 춤을 추며 살풀이굿을 하기 시작했다. 노쇠한 탓인지 무당들이

처음엔 고개를 숙인 채 천천히 원을 그리며 춤을 추었다. 그러곤 이따금 머리를 들어 마치 도둑질이라도 하듯 불안한 눈으로 사방을 둘러보다가 다시 고개를 숙이곤 했다. 무당들이 염불이라도 외듯 알아들을 수 없는 노래를 읊자 구경꾼들도 따라 읊었다. 다음 순간 두 명의 무당이 활을 팽개치더니 갑자기 몸을 떨기 시작했다. 두 노파는 그런 발작적인 동작으로 악귀를 보여주려는 것 같았다. 귀신이라도 들린 듯 무시무시한 괴물로 변한 두 사람은 마치 경련을 일으키는 것처럼 보였다. 그와 동시에 다른 세 명의 무당은 전사처럼 두 사람을 향해 활을 당기는 시늉을 하면서 입으로 연신 화살을 쏘는 소리를 흉내 냈다. 그런 동작을 하는 세 명의 노파는 흡사 까마귀처럼 보였다. 그들이 춤을 추는 대로 검정색 긴 치마가 자욱한 연기 속에서 활짝 펼쳐졌다가는 내려앉아 땅에 끌리면서 구름 같은 먼지를 날렸다.

귀신 들린 두 무당의 춤이 차츰 느려졌다. 그러곤 마치 보이지 않는 독화살에 얼굴이라도 맞은 양 걸음을 멈췄다. 뢰와 나는 그들이 푹 쓰러지는 장관을 연출하기 직전에 그 자리를 떴다.

우리가 떠난 직후부터 본격적으로 잔치가 시작된 모양이었다. 우리가 마을에 들어서는데 무당춤에 반주를 넣던 합창이 뚝 그쳤던 것이다.

남녀노소를 불문하고 고춧가루와 정향 봉오리를 넣어 끓인 물소 고깃국을 놓치고 싶은 주민은 아무도 없을 터였다. 뤄의 예상대로(그 훌륭한 이야기꾼은 전략적 재능도 겸비했다) 마을은 텅 비어 있었다. 그 순간 내 머릿속에 어젯밤 꿈이 떠올랐다.

"내가 망을 보는 게 낫겠지?"

내가 물었다.

"아니, 네 꿈은 그냥 개꿈에 불과해."

*

뤄는 녹슨 못으로 만든 만능열쇠를 침으로 적셨다. 맹꽁이자물쇠에 난 열쇠 구멍으로 그것을 살살 집어넣고 왼쪽에서 오른쪽으로 돌렸다가 다시 왼쪽으로 돌려서 약간 빼는 순간…… 찰칵 하는 둔탁한 금속성 소리와 함께 자물쇠는 굴복하고 말았다.

우리는 '안경잡이'의 집에 들어가자마자 두짝문을 닫았다. 집 안이 어찌나 어두운지 앞 사람의 얼굴조차 보이지 않았다. 하지만 부럽게도 그 오두막집에서는 싸놓은 이삿짐 냄새가 풍겼다.

나는 두짝문 틈으로 밖을 살폈지만 사람의 그림자

하나 보이지 않았다. 우리는 안전상의 이유에서, 다시 말해서 혹시라도 그 앞을 지나가던 누군가가 예리한 눈으로 맹꽁이자물쇠가 걸려 있지 않다는 사실을 알아채지 못하도록 두짝문 사이를 최대한 벌리기 위해 바깥쪽으로 힘껏 밀었다. 뤄의 예상대로 손을 내밀 만큼의 틈이 생기자 사슬을 원래대로 걸고 맹꽁이자물쇠를 채울 수 있었다.

그러나 우리는 그러기 전에 먼저, 일을 끝내고 탈출할 구멍으로 삼았던 창문을 미처 확인하지 못했다. 뤄가 손전등을 켠 순간 우리의 눈이 휘둥그래졌다. 다른 짐더미 위에 놓인 부드러운 가죽가방이, 우리가 훔치려는 그 엄청난 보물단지가 마치 우리를 몹시 기다리고 있었다는 듯이 불빛을 받으며 나타났던 것이다.

"성공이야!"

내가 말했다.

며칠 전, 이번 계획을 짜면서 우리는 불법 침입이 성공하느냐 여부는 오직 한 가지 사실에 달려 있다고, 다시 말해서 '안경잡이'가 가방을 숨긴 장소를 알아내는 데 있다는 결론을 내렸다. 그 가방을 어떻게 하면 찾아낼 수 있을까? 뤄는 가능한 모든 실마리를 하나하나 점검하고 여러 가지 꾀를 내다가 결국 송별식이 진행되는 시간에 집 안으로 침입할 생각을 했던 것이다. 사실상 그때가 유일한 기회였다. '안경잡이'의 어머니가 아무리 주도면밀한 사람이라 하더라도 나이 든 사람답게 빠짐없이 물건을 챙길 것이다. 따라서 출발 당일 아침에 가방을 찾아서 떠날 리가 만무하다. 모든 것을 사전에 준비해놓고 빈틈없이 떠날 채비를 끝냈을 것이 분명했다.

우리는 가방 쪽으로 다가갔다. 가방은 굵은 새끼줄을 십자 모양으로 둘러 단단히 묶인 상태였다. 우리는 새끼줄을 풀고 조심스레 가방을 열어보았다. 손전등 불빛 아래에서 가방 안에 가득한 책들이 눈부시게 빛났다. 서양의 위대한 작가들이 두 팔을 벌려 우리를 환영하고 있었다. 맨 위에는 우리의 오랜 친구 발자크의 소설 대여섯 권이 놓여 있고, 다음으로 빅토르 위고, 스탕달, 뒤마, 플로베르, 보들레르, 로맹 롤랑, 루소, 톨스토이, 고골리, 도스토예프스키, 그런가 하면 디킨스, 키플링, 에밀리 브론테 같은 영국 작가들의 책도 있었다.

얼마나 황홀했는지 모른다! 나는 환희의 안개 속에서 머릿속이 아득해지는 느낌이 들었다. 나는 가방에서 소설책을 한 권 한 권 꺼내서 들쳐보고, 작가들의 사진을 유심히 살펴보고는 뤄에게 책을 넘겨주었다. 창백해진 내 손끝은 흡사 살아 있는 인간을 어루만지는 느낌이었다.

"영화의 한 장면, 은행 강도들이 지폐가 가득 든 가방을 열었을 때가 생각나……."

뤄가 말했다.

"기쁨의 눈물이 쏟아질 것 같지 않아?"

"아니, 난 증오심만 나는걸."

"나도 그래. 이런 책들을 읽지 못하게 금지한 자들이 모두 가증스러워."

나는 나도 모르게 내뱉은 말에 기겁을 했다. 마치 그 방구석 어딘가에 누군가 숨어서 그 말을 듣기라도 한 것처럼. 아무리 무심코 나온 말이라 해도 그것만으로도 몇 년 동안 감옥에서 썩을 수 있었다.

"가자."

뤄가 가방을 닫으면서 말했다.

"잠깐만!"

"왜 그래?"

"아무래도 망설여져서 그래…… 다시 한 번 생각해보자. '안경잡이'는 틀림없이 자기 가방을 훔친 도둑이 우리일 거라고 생각할 거야. 녀석이 밀고하면 우리는 끝장이야. 우리의 부모님들이 다른 사람들과 다르다는 걸 잊지 말라구."

"내가 말했잖아. 그 녀석 어머니가 녀석이 그렇게 하도록 허락하지 않을 거라고. 그랬다간 자기 아들이 금서를 감추고 있었다는 사실이 만천하에 드러날 테니까 말이야! 그러면 '안경잡이'는 '하늘긴꼬리닭' 산을 절대로 떠날 수 없어."

잠시 침묵하고 있던 나는 가방을 열었다.

"몇 권만 가져간다면 알아채지 못할 거야."

"하지만 나는 전부 다 읽고 싶어."

뤄가 딱 잘라서 단호하게 말했다.

뤄는 다시 가방을 닫고, 그 위에 한 손을 올려놓으며 기독교인이 맹세라도 하듯 이렇게 선언했다.

"이 책들로 나는 바느질 처녀를 딴사람으로 만들어놓겠다. 그애는 이제 더 이상 단순한 산골처녀로 살아가지 않을 것이다."

우리는 조용히 침실로 향했다. 내가 손전등을 비추면서 앞서 걸어가고, 뤄가 가방을 들고 뒤따라왔다. 가방이 예상외로 무거운지 뤄의 다리가 '안경잡이'와 그애 어머니가 쓰던 침대에 부딪히는 소리가 들렸다. 널빤지로 급조한 부인의 침대는 작았지만, 그렇지 않아도 작은 방을 한층 더 비좁게 만들어놓았던 것이다.

그런데 놀랍게도 창문이 꿈쩍도 하지 않았다. 창

문을 힘껏 밀었지만, 한숨을 쉬듯 삐걱이는 소리만 날 뿐 전혀 움직이지 않았다.

하지만 아직 낙담하긴 일렀다. 우리는 침착하게 부엌으로 돌아가 좀전에 했듯이 두짝문을 힘껏 벌려 그 사이로 손을 내밀고 자물쇠에 만능열쇠를 꽂으려 했다.

그때 갑자기 뤄가 속삭였다.

"쉿!"

겁을 먹은 나는 얼른 손전등을 껐다. 바깥에서 들려오는 다급한 발소리에 우리는 기겁을 했다. 그 발소리가 우리 쪽으로 오는 것인지를 판단하는 데는 그리 긴 시간이 걸리지 않았다.

다음 순간 두 사람의 목소리가 들려왔다. 남자와 여자의 목소리였다. 그러나 그것이 '안경잡이'와 그의 어머니 목소리인지는 판별할 수가 없었다. 우리는 최악의 사태에 대비해서 부엌 쪽으로 뒷걸음질쳤다. 그러면서 나는 뤄가 이삿짐 위에 가방을 얹어놓을 수 있게 손전등을 잠시 켜주었다.

결국 우리가 두려워하고 있던 일이 일어나고야 말았다. 우리가 도둑질을 하는 중에 어머니와 아들이 들이닥친 것이다. 그들은 문 앞에 멈춰서더니 말을 주고받았다.

"나도 물소 피가 나한테 아무 소용없다는 건 안다구요. 목구멍으로 지독한 냄새가 나는 트림이 자꾸만 올라와요."

아들이 말했다.

"다행히 이 엄마가 소화제를 가져왔지."

공포에 사로잡힌 채 부엌에 있는 우리의 눈에 숨을 곳 하나 보이지 않았다. 어찌나 깜깜한지 아무것도 보이지 않았다. 나는 쌀독 뚜껑을 열던 뤄와 몸이 부딪혔다. 가엾게도 뤄는 제정신이 아니었다.

"이건 너무 작아."

그가 소곤거렸다.

곧이어 우리가 후닥닥 방으로 뛰어들어가 각각 침대 밑으로 몸을 넣는 순간, 딸그락거리며 소리가 나더니 문이 벌컥 열렸다.

두 사람은 부엌으로 들어와 남포에 불을 붙였다.

일이 엉뚱하게 돌아가고 있었다. 뤄보다 키도 크고 덩치도 큰 내가 '안경잡이'의 침대 밑에 숨지 않고, 비좁은 공간에 뭐라고 표현할 길 없는 지린내로 요강이 있음을 알 수 있는, 그의 어머니 침대 밑에 꼭 끼듯 숨어 꼼짝달싹 못하게 된 것이다. 내 주위로 파리떼가 날아다녔다. 나는 비좁은 공간이 허락하는 한 몸을 펴고 누워보려고 했지만, 어둠 속을 더듬다가 하마터면 구역질나는 요강을 둘러엎을 뻔했다. 찰랑거리는 소리와 함께 악취가 심해졌다. 본능적으로 비위가 거슬린 나는 격한 욕지기를 일으키다가 위험천만하게도 상대의 귀에 들릴 만큼 큰 신음소리를 내고 말았다.

"무슨 소리 못 들으셨어요, 엄마?"

'안경잡이'가 묻는 소리가 들렸다.

"아니."

그 다음에 이어진 침묵은 거의 영원이라 해도 좋을 만큼 길었다. 두 사람은 아주 작은 소리라도 놓치지 않으려고 꼼짝도 하지 않은 채 귀를 바짝 세우고 있을 터였다.

"네 배 속에서 나는 꾸르륵 소리밖엔 안 들리는구나."

어머니가 말했다.

"물소 피 때문에 소화가 안 돼서 그래요. 속이 뒤틀려서 잔치에 돌아갈 힘이나 있을지 모르겠어요."

"그럼 안 돼. 무슨 일이 있어도 그 자리엔 참석해야 해."

어머니는 위압적인 목소리로 주장했다.

"소화제가 여기 있다. 자, 두 알을 먹어. 그러면 통증이 가라앉을 거야."

그 말에 아들이 순순히 물을 찾아 부엌으로 향하는 소리가 들려왔다. '안경잡이'와 함께 남포의 불빛이 멀어져갔다. 어두워서 뭐가 보이진 않았지만, 그 역시 나만큼이나 우리가 부엌에 숨지 않은 것을 다행으로 여기고 있을 터였다.

알약을 삼킨 '안경잡이'가 다시 방으로 돌아왔다. 그의 어머니가 물었다.

"책이 있는 가방을 묶어놓지 않았니?"

"아까 저녁때 잘 묶어놨어요."

"끈이 이렇게 땅바닥에 떨어져 있는데도 잘 묶었단 말이냐?"

맙소사! 그 가방을 풀어보지 말았어야 했다. 침대 밑에 엎드린 내 등줄기를 따라 소름이 쫙 끼쳤다. 나는 내가 원망스러웠다. 나는 어둠 속에서 공범의 눈길을 보려 했지만 그건 헛수고였다.

이어서 들려온 '안경잡이'의 지나치리만큼 침착한 목소리는 어쩌면 격한 감정의 표시였는지도 모른다.

"땅거미가 질 때 뒤꼍에서 가방을 파냈어요. 가방을 갖고 들어오면서 흙과 더러운 것들을 털고, 혹시라도 책이 젖지 않았는지 확인까지 했어요. 그리고 마을 사람들에게 가려고 집을 나서기 직전에 분명히 굵은 새끼줄로 묶어놓았어요."

"그럼, 이게 어떻게 된 거냐? 잔치가 벌어지는 동안에 누군가가 집에 들어왔다는 거야?"

'안경잡이'는 남포를 들고 황급히 침실 쪽으로 걸어왔다. 그 순간 침대 밑으로 다가오는 불빛에 반짝이는 뤼의 눈이 보였다. 다음 순간 고맙게도 '안경잡이'의 발이 문턱에서 멈췄다. 그가 돌아서면서 어머니에게 말했다.

"그건 불가능해요. 창문도 못이 박힌 그대로고, 대문도 맹꽁이자물쇠로 잠겨 있었어요."

"그래도 가방을 열어보고 없어진 책이 있는지 확인해두는 게 좋겠다. 나는 너의 친구라는 그 두 애들이 마음에 걸린다. 그애들은 네 상대로는 너무 교활하니까 자주 만나지 말라고 여러 번 편지에 썼는데, 내 말을 듣지 않았잖니."

가방이 열리는 소리와 함께 '안경잡이'가 대답하는 소리가 들렸다.

"아빠와 엄마가 늘 치통으로 고생하시잖아요. 그래서 언제고 뤼의 아버지가 도움이 될 거라고 생각했기 때문에 그애들하고 친구로 지냈던 거예요."

"그게 정말이니?"

"네, 엄마."

"오, 착한 내 아들(그렇게 말하는 어머니의 목소리에

는 애정이 듬뿍 담겨 있었다). 이렇게 고달픈 상황에서
도 우리를 잊지 않다니…….”

“엄마, 확인해봤는데 책은 그대로 있어요.”

“그것 참 다행이다. 왠지 불길한 느낌이 들었는데
말이야. 자, 이제 나갈까?”

“그전에 먼저 가방을 묶어두게 물소 꼬리 좀 이리
주세요.”

잠시 후 가방을 묶고 난 ‘안경잡이’가 외치는 소리
가 들려왔다.

“이런 빌어먹을!”

“엄마가 그런 상스런 말을 좋아하지 않는다는 거
알잖니, 아들아.”

“설사가 나오려고 해요.”

‘안경잡이’가 고통스러운 목소리로 말했다.

“그럼 어서 침실 요강을 쓰렴!”

그러나 ‘안경잡이’는 집 밖으로 뛰쳐나갔다. 그 소
리에 우리가 얼마나 안도했는지 모른다.

“어디 가는 거니?”

어머니가 외쳤다.

“옥수수밭에요.”

“종이는 가져가니?”

“아뇨.”

아들이 뛰어가면서 대답했다.

"내가 종이를 가지고 뒤따라가마!"

어머니가 외쳤다.

미래의 시인 '안경잡이'가 옥외에서 볼일을 보는 습성이 있다는 것이 우리에겐 얼마나 큰 행운인가! 그가 침실로 달려와 요강을 쓰려고 했다면, 그래서 요강에 걸터앉은 그가 힘차게 쏟아지는 폭포처럼 요란하게 와르르 소리를 내며 우리의 바로 코밑으로 물소의 피를 배설했다면……. 그 장면은 정말이지 생각만 해도 끔찍했다.

그의 어머니가 뛰어나가자마자 어둠 속에서 뤄의 속삭임이 들려왔다.

"어서 튀자!"

뤄는 방으로 뛰어들어가 책이 든 가방을 집어들었다. 산길을 한 시간쯤 미친 듯이 달리고 잠시 휴식을 취하면서 뤄가 가방을 풀었다. 아직 시커먼 핏자국이 남아 있고 털까지 그대로 붙어 있는 물소 꼬리가 책 위로 축 늘어져 있었다.

유난히 긴 꼬리를 보니 예전에 '안경잡이'의 안경을 깨버린 바로 그 물소임에 분명했다.

여자의 아름다움은

비할 데 없을 만큼 값진 보물이다

많은 세월이 흐른 지금도 재교육 기간 동안에 있었던 한 장면은 이상할 정도로 또렷이 내 기억 속에 새겨져 있다. 채롱을 등에 진 뤄가 '빨간부리까마귀'의 차가운 눈초리를 받으면서 양쪽이 아득한 낭떠러지로 깊이 파인 폭 삼십 센티미터 가량의 통로를 네 발로 기어갔다. 꼬질꼬질하지만 튼튼한 대나무 채롱에는 중국어로 '고씨 노인'이라는 제목이 붙은 발자크의 책 『고리오 영감』이 감춰져 있었다. 뤄는 비록 얼굴은 예쁘지만 아직 미개한 산골여자에 지나지 않는 바느질 처녀에게 그 책을 읽어주러 가는 길이었다.

책 도둑질에 성공한 이후 9월 한 달 내내 우리는 서양의 작가들이 하루하루 페이지마다, 책마다 드러내는 바깥세상의 신비, 무엇보다도 여자와 사랑과 섹스의 신비로움에 사로잡히고 매료되었다. '안경잡이'는 감히 우리를 고발하지 못한 채 떠났을 뿐 아니라 다행히 우리 마을의 촌장마저 관할 공산당회의에 참석하기 위해서 용징에 가 있었다. 촌장이 없는 틈을 타서 마을에 일시적으로 퍼지고 있던 은밀한 무정부주의를 이용해서 우리는 밭일을 거부했고, 우리의 영혼을 지키는 간수로 바뀐 예전의 그 아편 농사꾼들도 그런 우리의 반항에 전혀 개의치 않았다. 그렇게 해서 나는 그 어느 때보다 두문불출한 채 서양 소설들을 읽는 일로 나날을 보냈다. 나는 뤄가 유독 푹 빠진 발자크의 작품들을 내버려두고, 내 열아홉 살의 경박함과 진지함으로 플로베르와 고골리, 멜빌, 로맹 롤랑과 차례차례 사랑에 빠졌다.

로맹 롤랑에 대해서 몇 마디하고 넘어가야겠다. '안경잡이'의 가방에는 네 권으로 된 『장크리스토프』 전집의 제1권만 들어 있었다. 그 작품은 한 음악가의 생애에 관한 것이었는데, 나 자신이 〈모차르트는 언제나 마오를 생각한다〉를 비롯한 여러 곡을 바이올린으로 연주할 수 있는데다 그 작품이 발자크의 번역가인 푸 레이의 번역이어서 나는 장난 삼아 연애한다는 기분으로 그 책을 대강 훑어볼 생각이었다.

그러나 책을 펼친 그 순간부터 책에서 손을 뗄 수가 없었다. 내가 좋아하는 책들은 대개 재치가 넘치고, 때로는 재미있는 사상으로 구성되거나 깜짝 놀랄 정도로 기발해서 평생 잊혀지지 않는 이야기들로 이루어진 단편집들이었다. 나는 몇몇 작품을 제외하고 장편을 그다지 신뢰하지 않았다. 그러나 어떤 비속함도 없이 철저한 개인주의를 그린 『장크리스토프』는 내게 새롭고 유익한 사실들을 듬뿍 가르쳐주었다. 그 책이 아니었다면 나는 개인주의라는 것이 그토록 탁월하고 폭넓은 것인지 결코 이해하지 못했을 것이다. 도둑질을 해서 『장크리스토프』와 만났을 때까지만 해도 재교육까지 받은 나의 빈약한 머리로는 한 개인이 전세계와 맞서 싸울 수 있다는 걸 몰랐다. 장난 삼아 시작한 연애가 위대한 사랑으로 바뀌었다. 작가가 사용한 과장된 허풍조차 작품의 아름다움에 해를 끼치는 것으로 보이지 않았다. 글자 그대로 수백 페이지의 거친 강물이 나를 집어삼켰다. 내게 있어서 그건 생각할 수 있는 최고의 책이었다. 그 책을 다 읽고 나니 침범할 수 없는 개인적인 삶도, 세상도 더 이상 이전의 것과 같지 않았다.

『장크리스토프』와 뜨거운 사랑에 빠진 나는 난생 처음으로 그 책을 뤄와 나의 공동재산이 아니라 나

혼자만의 것으로 소유하고 싶었다. 그래서 나는 표지 뒷장의 백지에 나의 스무 번째 생일을 축하하는 선물이라는 헌사를 쓴 다음에 뤄에게 서명해달라고 부탁했다. 그는 좀처럼 없는 기회에 기념할 만한 헌사를 쓰게 됐다면서 흐뭇해했다. 거침없고 인정 많고 혈기가 넘치는 뤄는 붓을 쥐고 우아한 곡선으로 자기 이름 석 자를 서로 이어가며 여백의 절반을 채웠다. 나도 몇 달 후에 설날을 맞자 그 선물로 발자크의 소설 세 권『고리오 영감』,『외제니 그랑데』,『위르쉴 미루에』에 각각 헌사를 써주었다. 나는 그 헌사 밑에 한자로 된 내 이름 석 자를 뜻하는 세 개의 그림을 그렸다. 첫 자로는 울음소리를 내며 바람에 갈기를 휘날리며 신나게 달리는 말을, 둘째 자로는 정성껏 다듬은 골제 손잡이에 다이아몬드가 박힌 날카로운 장검을, 셋째 자로는 가축에 매다는 작은 방울을 그렸다. 나는 그 방울이 외부에 도움을 청하려고 딸랑거리기라도 하듯 방울 주위로 많은 빛살이 퍼져나가도록 그렸다. 그림이 아주 마음에 든 나는 그 서명을 성스러운 것으로 만들기 위해 그 위에다 내 피를 몇 방울 떨어뜨릴 생각까지 했다.

그 달 중순경, 밤새도록 거센 폭풍이 몰아치더니 장대비가 쏟아졌다. 그렇지만 뤄는 이튿날 동이 트기가 무섭게 교양 있는 아름다운 처녀를 만들 야심으로 대나무 채롱에 『고리오 영감』을 넣고 집을 나섰다. 그는 말을 타지 않은 고독한 기사처럼 새벽 안개에 자욱한 산길에서 바느질 처녀의 마을 쪽으로 사라졌다.

정부에서 정한 공동체 금기사항을 위반하지 않기 위해 뤄는 저녁마다 오두막집으로 얌전히 돌아오곤 했다. 그날 밤 그는 갈 때와 마찬가지로 돌아올 때도 폭풍우 때문에 흙이 무너지면서 생겼을 위태위태한 통로를 기어서 건너야 했다고 말했다.

"바느질 처녀와 너라면 분명 그 길을 뛰어서 건너갔을 거야. 하지만 나는 네 발로 기면서도 온몸이 부들부들 떨렸어."

"거리가 어느 정도인데?"

"한 사십 미터쯤 될 거야."

뤄의 고소공포증은 미스터리에 가까웠다. 높은 데 올라가는 것을 제외하면 뤄가 두려워하는 것은 없었다. 그는 지금껏 나무에 올라간 적이 없었다. 나는 5, 6년 전의 오후, 우리가 수궁전의 녹슨 쇠사다리를 기어올라가던 때를 지금도 생생하게 기억하고 있다. 뤄는 사다리를 올라갈 때부터 녹슨 쇠에 손바닥을 긁혀서 피가 약간 났다. 이윽고 십오 미터 정도 되는 높이에 이르렀을 때 그가 말했다.

"발을 뗄 때마다 발밑에서 사다리 살들이 하나씩 없어지는 것 같아."

상처가 난 손 때문에 그는 더더욱 불안해했다. 결국 뤄는 올라가기를 포기하고 나 혼자서 올라가게 했다. 탑 꼭대기에서 내가 그를 놀리면서 뱉은 침이 바람 속으로 날렸다. 그 뒤로 여러 해가 지났지만 그의 고소공포증은 여전했다. 그가 말한 대로 바느질 처녀와 나는 아무 망설임 없이 산속의 절벽을 뛰어다녔지만 뤄는 그대로 걸어올 용기가 없는 나머지 엉금엉금 기었기 때문에 먼저 건너편으로 넘어간 우리는 그가 올 때까지 한참을 기다려주어야 했다.

어느 날, 나는 기분도 전환할 겸 바느질 처녀의 마을로 '사랑의 순례'를 떠나는 그와 동행했다.

뤄가 말한 그 위험한 통로에 이르자 아침 안개는 거센 산바람으로 바뀌어 있었다. 첫눈에도 뤄가 그 길을 건너기 위해 얼마나 초인적인 용기를 냈을지 짐작할 수 있었다. 나 자신도 그 길에 한 발을 내딛는 순간 몸이 부들부들 떨렸던 것이다.

왼쪽 발밑으로 돌멩이 하나가 굴러떨어지는가 싶더니 오른쪽 발밑에서도 흙덩이들이 무너져내렸다. 흙덩이들은 허공 속으로 사라졌지만 바닥에 떨어지는 소리는 한참이나 지나서 들려왔다. 그 소리는 오른쪽 절벽과 왼쪽 절벽으로 아득한 메아리가 되어 울려퍼졌다.

두 절벽 사이 삼십 센티미터 폭의 통로에 선 나는 밑을 내려다보지 말아야 했다. 오른쪽은 현기증이 일 정도로 깊고 윤곽이 뚜렷한 암벽 낭떠러지였고 나뭇잎조차 진녹색이 아니라 희끄무레한 회색을 띠었다. 왼쪽 구렁으로 눈길을 돌려보는 순간 이번엔 귓속이 윙윙거리며 울리기 시작했다. 무너진 흙덩이가 수직으로 오십 미터를 떨어지는 광경은 가히 장관이었다.

그 통로의 길이가 삼십 미터밖에 되지 않는 것이 너무나도 다행스러웠다. 통로 끝 바위 위에 빨간부리까마귀가 목을 한껏 움츠린 자세로 앉아 있었다.

"내가 채롱을 지고 갈까?"

나는 통로 앞에 그대로 서 있는 뤄에게 거침없이 물었다.

"그래."

채롱을 등에 진 순간 날카로운 돌풍이 불며 귓속의 울림이 한층 심해졌다. 머리를 흔들자 그 움직임 때문에 현기증이 일었으나 그런 대로 참을 만했다. 나는 몇 발짝을 떼어놓았다. 그런 다음 고개를 돌려

여전히 같은 자리에, 마치 바람 속의 한 그루 나무처럼 가볍게 흔들거리며 서 있는 뤄를 돌아보았다.

나는 줄타기 곡예사처럼 앞을 똑바로 보면서 전진했다. 그러나 통로 한복판에 이른 순간 빨간부리까마귀가 있는 맞은편 산의 바위들이 지진이라도 난 듯 좌우로 요동치는 것처럼 보였다. 나는 즉시 본능적으로 몸을 낮췄다. 손이 땅바닥에 닿아서야 비로소 현기증이 사라졌다. 등과 가슴과 이마로 식은땀이 줄줄 흘렀다. 나는 한 손으로 관자놀이를 닦았다. 그 땀이 얼마나 선뜻했던지!

뤄가 있는 쪽을 돌아보자 그가 뭐라고 소리쳤는데 귀가 멍멍한 내게는 웅얼거림으로밖에 들리지 않았다. 나는 밑을 보지 않기 위해 고개를 번쩍 쳐들었다. 눈부신 햇살 속에서 천천히 날갯짓을 하면서 머리 위를 빙빙 돌고 있는 까마귀의 검은 실루엣이 보였다.

'대체 왜 그래?'

나는 속으로 그렇게 말했다.

그 순간 나는 통로 한복판에서 꼼짝 못하고 있다가 이대로 돌아간다면 장크리스토프가 뭐라고 할지를 생각해보았다. 그는 지휘봉으로 내가 갈 방향을 가리킬 것이다. 나는 머릿속으로 죽음 앞에서 뒷걸음치는 걸 부끄럽게 여기지 않을 그의 모습을 떠올렸다. 어쨌거나 그가 영위했던 삶처럼 사랑과 섹스와 전세계에 맞서 투쟁하기 전에 죽을 수는 없었다!

나는 살고 싶었다. 그래서 무릎을 구부린 채 몸을 돌려 뤄가 서 있는 쪽으로 한 발 한 발 다가갔다. 만약 두 손으로 바닥을 짚고 있지 않았다면 균형을 잃고 낭떠러지 아래로 떨어져 온몸이 으스러졌을 것이다. 그때 문득 뤄가 생각났다. 그 역시 건너편에 도달하기 전에 분명 이와 비슷한 낭패를 겪었을 것이다.

내가 다가갈수록 뤄의 목소리가 분명해졌다. 그는 나보다 더 무서운 듯 얼굴이 하얗게 질려 있었다. 그러고는 내게, 말을 타듯 바닥에 걸터앉은 자세로 오라고 외쳤다. 나는 그 충고대로 했다. 창피하기는 해도 그 자세 덕분에 안전하게 뤄가 있는 곳까지 갈 수 있었다. 통로에 이른 나는 일어나서 그에게 채롱을 돌려주었다.

"날마다 이런 식으로 간 거야?"

내가 물었다.

"아니, 첫날만 그랬어."

"저놈은 언제나 저 자리에 있어?"

"누구 말이야?"

"저놈 말이야."

나는 좀전에 내가 멈춰서 있었던 통로에 내려앉아 있는 빨간부리까마귀를 손가락으로 가리켰다.

"응, 아침마다 저기 있어. 마치 나랑 만나기로 약속을 한 것처럼 말이야. 하지만 저녁에 돌아올 때에는 한번도 보지 못했어."

내가 두 번 다시 그런 괴상한 곡예를 하느라 웃음거리가 되고 싶지 않아 하자 뤄는 채롱을 지고 두 손이 땅바닥에 닿을 만큼 허리를 숙였다. 그러고는 두 팔을 번갈아가며 힘차게 앞으로 뻗으면서 기어갔다. 그는 몇 미터쯤 가다가 멈추고는 마치 내게 장난스런 인사라도 보내듯 나무를 오르는 원숭이처럼 엉덩이를 흔들어 보였다. 그 순간 빨간부리까마귀가 훌쩍 날아오르더니 천천히 날갯짓을 하며 빙빙 선회하듯 하늘로 날아올라갔다.

나는 감탄 어린 눈길로, 내가 '연옥'이라고 이름 붙인 통로를 무사히 통과하는 뤄의 모습을 지켜보았다. 얼마 후 그는 바위 뒤로 사라졌다. 불현듯 불안해진 나는 발자크의 이야기가 그와 바느질 처녀를 어디까지 이르게 했는지, 그리고 그들의 관계가 어떻게 될지 몹시 궁금해졌다. 그 시커먼 새가 사라지자 침묵에 잠긴 산은 한층 더 무시무시하게만 느껴졌다.

다음날 밤에 나는 소스라치듯 잠에서 깨어났다.

마음 놓이는 낯익은 현실로 돌아오기까지는 몇 분이 걸렸다. 어둠 속에서 건너편 침대에 잠들어 있는 뤄의 고른 숨소리가 들려왔다. 나는 더듬더듬 담배를 찾아 불을 붙였다. 시간이 흐르면서 차츰차츰, 발밑 돼지우리 울타리에 콧잔등을 부딪히는 암퇘지의 존재가 내게 평온한 느낌을 안겨주었다. 그러자 방금 나를 몸서리치게 만들었던 악몽의 장면장면이 흡사 저속촬영한 영화처럼 떠올랐다.

양 옆으로 까마득한 낭떠러지가 펼쳐진 사잇길로 뤄가 어떤 여자와 걸어오고 있었다. 처음에, 앞서 걸어오는 여자는 분명 부모님이 일하시던 병원 수위의 딸처럼 보였다. 그애는 오랫동안 까맣게 잊고 있던 평범하고 소박한 동급생이었다. 이런 깊은 산속에서 그것도 뤄의 옆에 그애가 있다는 사실이 너무 뜻밖이어서 어리둥절하고 있는 사이에, 그애는 흰 티셔츠와 까만 바지 차림을 하고 날씬한 몸매에 익살스럽고 발랄한 바느질 처녀로 바뀌었다. 바느질 처녀는 거의 뜀박질을 하듯 거침없이 걸어왔으나 그녀의 애인인 뤄는 엉금엉금 기는 자세로 천천히 따라오고 있었다. 두 사람 모두 채롱을 지고 있지는 않았다. 평소에는 머리를 땋아 길게 늘어뜨리던 바느질 처녀

161

가 이번에는 머리를 어깨 위로 풍성하게 늘어뜨렸는데, 그 긴 머리카락이 흡사 날개처럼 바람에 휘날리고 있었다. 빨간부리까마귀가 없는지 주위를 두리번거리던 내가 다시 두 사람을 쳐다보니 바느질 처녀의 모습은 어디론가 사라지고 보이지 않았다. 통로 복판에는 말탄 자세에서 무릎 꿇은 자세로 바뀐 뤄가 오른쪽 구렁이에 시선을 고정시키고 있었다. 그가 낭떠러지 아래쪽을 보며 내게 뭐라고 외치는 것 같았지만 내게는 그 소리가 들리지 않았다. 어디서 그런 용기가 났을까, 나는 통로를 향해 달려갔다. 나는 뤄를 향해 달려가면서 바느질 처녀가 낭떠러지로 떨어졌다는 사실을 알아차렸다. 우리는 발 붙일 곳도 없는 암벽을 따라 미끄러지듯 아래로 내려갔다…….

바느질 처녀는 바위에 등을 기대고 머리를 배에 처박은 웅크린 자세로 죽어 있었다. 머리가 터졌는데 뒤통수에는 응고된 피가 벌써 딱지가 진 것처럼 굳어 있었다. 윤곽이 뚜렷했던 이마도 깨져 있었다. 마치 소리라도 지르려고 했던 것처럼 꼭 다문 이와 분홍빛 잇몸 위로 입술을 벌리고 있었지만 이젠 아무 말도 못하고 자욱한 피 냄새만 풍겼다. 뤄가 그녀를 품에 껴안자 입과 왼쪽 콧구멍과 한쪽 귀에서 동시에 피가 쏟아지더니 뤄의 팔뚝을 타고 흙바닥으로 뚝뚝 떨어졌다.

내가 꿈 얘기를 했는데도 뤄는 그런 악몽 따위엔 아랑곳하지도 않았다.

"잊어버려. 난 그런 꿈 따위에 신경 쓰고 싶지 않아."

윗도리와 대나무 채롱을 찾는 그에게 내가 물었다.

"그래도 네 여자친구에게 그 길로 오라고 하지는 않을 거지?"

"말도 안 돼! 그녀도 우리 집에 오고 싶어한다구."

"조금만 참으면 돼. 그 위험한 길을 고칠 때까지만 말이야."

"좋아. 그애한테 그렇게 전할게."

그는 몹시 서둘렀다. 나는 그 무서운 빨간부리까마귀와 그의 만남에 질투심이 일었다.

"내 꿈 얘기는 하지 마."

"걱정 마."

우리 마을 촌장이 돌아왔기 때문에 매일같이 이루
어지던 뤼의 '사랑의 순례'는 일단 중단되었다.

공산당회의와 한 달 간의 도시생활이 촌장에게는
그닥 즐겁지 않았던 모양이다. 볼이 퉁퉁 부어서 얼
굴이 일그러진 촌장은 침울해 보였고, 관할 병원의
혁명 의사에 대해 분통을 터뜨렸다.

"망할 자식, 그 빌어먹을 머저리 의사놈이 썩은 이
빨은 놔두고 옆에 있는 멀쩡한 이빨을 뽑아버렸어."

출혈 때문에 후련하게 분노를 터뜨리기는커녕 겨
우 들릴 정도로 중얼거릴 수밖에 없는 촌장은 벌레
씹은 얼굴을 하고 있었다. 촌장은 그 불상사의 증거
를 보여주었다. 촌장은 위쪽이 길고 뾰족하며 거뭇

하고, 뿌리 쪽이 싯누런 이 하나를 용징 시장에서 산 빨갛고 고운 비단에 소중하게 싸서 보관해두었다.

화가 잔뜩 난 촌장이 사소한 불복종도 용서하지 않았기 때문에 우리는 하는 수 없이 아침마다 옥수수밭이나 논으로 일을 나가야 했다. 우리는 요술 자명종으로 시간을 조작하는 일도 단념했다.

어느 날 저녁 부엌에서 저녁 준비를 하는데 치통으로 고생하는 촌장이 들이닥쳤다. 촌장은 자신의 이를 싸두던 것과 똑같은 빨간 천을 풀어헤치고 조그만 쇠붙이 조각을 꺼냈다.

"이건 행상한테서 산 건데 진짜 주석일세. 불 위에 올려놓으면 십오 분 만에 녹지."

촌장이 말했다.

뤄와 나는 가만히 있었다. 마치 코미디에 나오는 배우처럼 귀까지 퉁퉁 부은 그 얼굴을 본 우리는 터져나오려는 웃음을 가까스로 참고 있었다.

"이보게, 뤄."

촌장이 전에 없이 진지한 어조로 말했다.

"자넨 부친의 일을 수없이 봤을 테지. 녹인 주석을 썩은 잇속에 집어넣으면 속에 든 벌레를 죽일 수 있다는 걸 나보다 더 잘 알고 있을 거야. 자넨 유명한 치과의사의 아들이니까 내 이빨을 치료해줄 수 있을 걸세."

"저보고 촌장 어른의 잇속에다 주석을 넣으라는 말씀인가요? 농담이시겠죠."

"치통이 없어지면 한 달 휴가를 주겠다."

뤄는 유혹을 물리치며 조심스럽게 말했다.

"주석이 있다고 되는 건 아녜요. 최신 기계가 있어야 한다구요. 저희 아버님은 먼저 전기드릴로 이에 구멍을 낸 다음 그 속에 주석 조각을 넣으셨어요."

촌장은 어찌할 바를 모르고 자리에서 일어나더니 이렇게 중얼거리면서 집을 나갔다.

"그래, 맞아. 나도 관할 병원에서 봤다구. 멀쩡한 이를 뽑은 그 망할 놈의 의사가 모터 소리를 내며 굵은 바늘을 돌렸단 말이야."

며칠 후, 바느질 처녀의 아버지인 재봉사가 웃통을 벗은 짐꾼과 아침 햇살에 반짝이는 재봉틀과 함께 도착하자 촌장도 잠시 치통을 잊을 수 있었다.

재봉사가 바쁜 체하는 것인지 아니면 정말로 일정을 내기가 쉽지 않아서인지는 몰라도 아무튼 그는 지금까지 우리 마을 농민들과의 약속을 몇 차례나 연기했다. 새해를 맞기 몇 주 전에 재봉사의 깡마른 모습과 재봉틀을 보게 된 마을 사람들은 몹시 행복해했다.

여느 때처럼 재봉사는 딸을 집에 놔둔 채 마을을 순회하는 중이었다. 몇 달 전 미끄럽고 좁은 산길에서 맞닥뜨렸을 때 재봉사는 진창 때문에 가마에 앉아 있었다. 그러나 날씨가 맑은 이 날은 나이에 어울리지 않을 정도로 원기왕성한 모습으로 걸어서 마을에 도착했다. 그는 '천길만길낭떠러지'의 방앗간 노인을 만나러 갈 때 내가 빌려 썼던 색바랜 녹색 모자에, 천 단추가 달린 베이지색 아마셔츠, 헐렁한 파란색 상의, 검정색의 번쩍이는 진짜 가죽허리띠 차림이었다.

마을 사람들이 모두 밖으로 나와 재봉사를 반겼다. 재봉사를 졸졸 따라다니는 아이들의 재잘대는 소리, 몇 달 전부터 준비해두었던 옷감을 들고 나오는 아낙네들의 웃음소리, 폭죽 터지는 소리, 꿀꿀거리는 돼지 소리, 동네는 온통 잔치 분위기에 휩싸였다. 집집마다 첫손님이 되려는 욕심에서 서로 재봉사를 자기 집에서 재우려 했다. 그러나 그 순간 놀랍게도 재봉사는 이렇게 선언했다.

"내 딸의 친구들 집에서 묵겠소."

우리는 재봉사의 그런 선택 뒤에 무슨 이유가 숨어 있는 건지 자못 궁금했다. 우리의 분석에 의하면, 늙은 재봉사는 우리 오두막을 재봉실로 삼고 묵으면서 우리 두 사람 가운데 어느 쪽이든 사윗감과 직접 대하고 함께 지내며, 지금껏 우리가 모르고 있는 여자의 본성이라든가 여러 가지 면모를 가르치려는 것일지도 몰랐다. 재봉사의 등장으로 마을은 무질서한 축제 분위기에 휩싸였다. 예쁘든 밉든, 부자든 가난뱅이든, 젊든 늙었든 상관없이 여자들은 모두 옷감과 레이스, 리본, 단추, 재봉실, 평소에 꿈꿔온 디자인을 가지고 서로 경쟁을 벌였다. 뤄와 나는 여자들이 가봉을 하는 장면을 보면서 그들이 노골적으로 드러내는 흥분과 조바심과 가슴 저 밑바닥에서 터져나오는 거의 본능적이라 할 욕망에 질색하고 말았다. 그 어떤 정치제도나 경제적 압박도 여자들에게서 이 세상만큼이나 오래된, 아마도 모성애만큼이나 오래됐을, 옷을 잘 입고 싶은 욕망을 빼앗지는 못했다.

저녁 무렵, 마을 사람들이 가져온 달걀과 고기, 야채, 과일들이 흡사 제사에 쓰일 제물처럼 우리 집 부엌 한구석에 쌓였다. 대부분이 여자들이었으나, 그 틈에 혼자 혹은 몇 명씩 무리를 지은 남자들도 끼여 있었다. 개중에는 맨발로 화덕 옆 땅바닥에 주저앉아 고개를 숙인 채 힐끗힐끗 주위를 둘러보기만 할 뿐 감히 여자들을 똑바로 쳐다보지 못하는 소심한 사내들도 있었다. 그들은 손도끼의 날카로운 날로 돌처럼 단단한 발톱을 깎았다. 그런가 하면 연애경험도 있고 성격이 쾌활해서 여자들에게 농담으로 음탕한 말을 거는 이들도 있었다. 그들을 집 밖으로 쫓아내려면 지칠 대로 지쳐 신경이 날카로워진 재봉사가 권한을 행사할 필요가 있었다.

우리 세 사람은 산길에서 처음 만났을 때를 얘기하면서 조용하고 점잖게 저녁식사를 끝냈다. 나는 잠자리에 들기 전에 손님에게 바이올린 연주를 들려주겠다고 제안했다. 그러나 눈꺼풀이 이미 반쯤 감긴 재봉사는 내 제안을 사양했다.

"그것보다는 얘기나 하나 해주게."

재봉사가 늘어지게 하품을 하며 말했다.

"자네들의 이야기 솜씨가 대단하다는 걸 내 딸한테 들었네. 바로 그 때문에 자네들의 집에 와서 묵는 거야."

산골 재봉사가 드러내는 피곤 때문인지 아니면 장인 될 사람 앞에서 쑥스러워서였는지는 몰라도 뤄는 그 일을 내게 넘겼다.

"어서 시작해. 나도 아직 모르고 있는 얘기를 해봐."

뤄가 내게 용기를 불어넣었다.

나는 약간 망설이다가 한밤의 이야기꾼 역할을 맡

기로 결정했다. 이야기를 시작하기에 앞서서 나는 두 사람이 내가 이야기를 하는 도중에 앉은 채로 잠드는 일이 없도록 더운 물에 발을 씻고 침대에 누우라고 정중하게 권했다. 우리는 깨끗하고 두꺼운 이불 두 장을 꺼내 손님을 뤄의 침대에 편안하게 눕히고, 우리 둘은 한 침대에 같이 누웠다. 준비가 끝나자 재봉사의 하품 소리는 한결 커졌다. 나는 기름을 아끼기 위해 남포를 끄고 머리를 베개에 얹은 채 눈을 감고 언제쯤 이야기의 첫 문장을 시작할 것인지를 가늠했다.

'안경잡이'의 비밀가방에서 금지된 과일을 맛보지 않았다면, 나는 틀림없이 중국이나 북한, 심지어는 알바니아 영화 중에서 하나를 골라 이야기했을 것이다. 그러나 예전에 나의 교양과목이었던 공격적 프롤레타리아의 사실주의를 그린 그 영화들은 이제 나에게는 인간의 욕망과 진정한 고통, 특히 삶과는 아주 동떨어져 보여서 그렇게 늦은 시간에 이야기하는 고생을 할 만큼 바람직한 일로 여겨지지 않았다. 다음 순간, 얼마 전에 다 읽은 소설이 떠올랐다. 발자크에 푹 빠진 뤄는 아직 그 책을 읽지 않았을 거라고 나는 확신했다.

나는 자리에서 일어나 침대 가장자리에 걸터앉았

다. 나는 난해하고도 세련된 문장으로 이야기를 시작하기로 마음먹었다. 그러면서도 간결한 문장으로 시작하고 싶었다.

"때는 1815년의 마르세유."

칠흑 같은 어둠 속에서 내 목소리가 울려나왔다.

"마르세유라니, 그게 어딘가?"

재봉사는 졸음이 가득한 목소리로 이야기를 중단시켰다.

"아주 먼 곳이죠. 프랑스의 큰 항구 도시랍니다."

"하필 왜 그렇게 먼 곳 이야기를 하는 건가?"

"프랑스 선원에 대한 이야기를 해드릴 생각이었거든요. 하지만 얘기가 재미없다면 그냥 주무셔도 좋아요. 그럼, 내일 뵙기로 하죠!"

어둠 속에서 뤄가 내게 속삭였다.

"내 친구, 브라보!"

그런데 잠시 후 또다시 재봉사의 목소리가 들려왔다.

"그 선원의 이름이 뭐지?"

"처음에는 에드몽 당테스였다가 나중에 몽테크리스토 백작이 되었지요."

"크리스토라고?"

"메시아 또는 구세주를 뜻하는 예수의 또 다른 이름입니다."

나는 그렇게 뒤마의 이야기를 시작했다. 다행히, 뤄가 이야기에 점점 빠져들면서 이따금씩 나지막한 소리로 이야기를 중단시키고는 짤막하면서도 명석한 코멘트를 달곤 했다. 그래서 오히려 나는 재봉사 때문에 야기된 혼란에서 벗어나 이야기 그 자체에 정신을 집중할 수 있었다. 재봉사는 프랑스의 모든 인명과 지명, 그리고 필시 고된 하루 일에 녹초가 되어서인지 얘기가 시작된 이후로는 아무 말도 하지 않았다. 재봉사는 깊이 잠든 것처럼 보였다.

차츰차츰 거장 뒤마의 뛰어난 마력에 이끌린 나머지 나는 손님의 존재는 까맣게 잊은 채 끊임없이 이야기하고 또 이야기했다……. 나의 문장들은 시간이 흐를수록 더 명확하고 구체적이고 밀도도 더 높아져 갔다. 나는 되도록 첫 문장의 간결한 어조를 유지하려고 했지만 쉬운 일이 아니었다. 소설을 이야기하면서 나는 소설의 구조, 복수의 주제를 얽어놓은 짜임새, 확고하고 교묘하면서도 대담한 솜씨로 결론을 끌어내는 복선에 이르기까지 소설가의 기교를 명확하게 볼 수 있게 되어 내심 몹시 놀랐다. 그것은 유쾌한 놀라움이었다. 그것은 멋진 등걸, 무성한 나뭇가지, 굵직한 뿌리를 드러낸 채 땅에 누운 뿌리 뽑힌 거목을 보는 것과 같았다.

시간이 얼마나 흘렀을까? 한 시간? 두 시간? 아니면 그보다 더 오랜 시간이 흘렀을까? 나는 소설의 주인공 프랑스 선원이 앞으로 이십 년을 썩게 될 감옥에 갇히는 대목에 이르렀을 때 이제 그만 이야기를 중단해야겠다고 생각했다.

"이제 네 이야기 솜씨가 나를 능가하는걸. 넌 작가가 되면 좋겠어."

뤄가 속삭였다.

나는 탁월한 이야기꾼의 칭찬을 들으며 졸음이 쏟아지도록 내버려두었다. 그때 갑자기 어둠 속에서 늙은 재봉사의 목소리가 들려왔다.

"어째서 이야기를 중단한 거지?"

"아니, 아직 안 주무셨어요?"

내가 놀라 외쳤다.

"아니, 다 듣고 있었네. 자네 이야기가 마음에 드는군."

"전 이제 자야겠어요."

"제발 조금만 더 해보게."

"그럼 조금만 더 하죠. 어디서 중단했는지 아세요?"

"그 남자가 바다 복판에 있는 어느 성의 감옥으로 들어가는데……."

그 나이에도 그렇게 정확한 기억력을 보이는 재봉사에게 놀라면서 나는 프랑스 선원의 이야기를 계속했다. 피로 때문이라기보다는 이야기꾼의 악의 없는 장난기로 나는 대략 반 시간마다 결정적인 순간에 이야기를 중단하곤 했다. 그랬다가 졸음을 참으며 다시 이야기를 이어갔다. 에드몽의 초라한 감옥에 갇힌 사제가 몽테크리스토 섬에 감춰진 엄청난 보물의 비밀을 알려주면서 그의 탈옥을 도와주는 대목에 이르자 오두막의 갈라진 틈으로 종달새와 멧비둘기와 방울새들의 요란한 지저귐 소리와 새벽빛이 방 안으로 비쳐들기 시작했다.

밤을 꼬박 새우고 만 우리는 그대로 곯아떨어졌다. 촌장이 우리를 노동에 동원하지 않도록 재봉사가 마을에 약간의 돈을 내놓았다.

"오늘은 푹 쉬고 밤중에 프랑스 선원을 만날 준비를 하세나."

노인이 내게 한쪽 눈을 깜박여 보이며 말했다.

그건 분명 평생 내가 한 것 가운데 가장 긴 이야기였다. 그 이야기를 다 하는 데 자그마치 아흐레 밤이 걸렸다. 도대체 어디서 그런 엄청난 지구력이 나오는 것인지 알 수 없을 정도로 늙은 재봉사는 다음날이면 어김없이 온종일 재봉틀을 돌렸다. 그와 동시에 프랑스 소설의 영향임에 분명한, 눈에 잘 띄지 않으면서도 자연스러운 환상이 마을 사람들의 새옷에 뱃사람 디자인으로 나타나기 시작했다. 어깨 뒤로 네모난 깃을 드리우고 앞으로는 삼각으로 접은 천을 매듭 짓게 해서 바람에 펄럭이도록 한 세일러복을 입은 우리 마을 사람을 보았다면 뒤마 자신도 무척 놀랐을 것이다. 마을 사람들의 옷에서는 거의 모두 지중해의 냄새가 풍겨났다. 뒤마의 문하생이 되고만 늙은 재봉사가 만든, 선원풍의 파란 바지에 단 널찍하고 헐렁한 주머니 덮개는 여자들의 마음을 사로잡았다. 거기에서는 꼬뜨다쥐르의 향기까지 풍기는 것 같았다. 재봉사는 우리에게 가지가 다섯 달린 닻을 그리게 했는데, 그것은 그해 '하늘긴꼬리닭' 산골 여자들에게 가장 인기 있는 모티프가 되었다. 용케도 조그만 단추에다 금실로 닻을 수놓은 여자들도 있었다. 그런 반면 우리는 뒤마가 세밀하게 묘사한 깃발에 수놓은 백합이라든가, 몽테크리스토의 약혼녀 메르세데스의 코르셋과 원피스 같은 것들은 재봉사의 딸을 위해 비밀로 했다.

사흘째 밤이 거의 끝날 무렵, 사소한 사건이 모든 걸 위태롭게 할 뻔했다. 새벽 다섯 시경이었다. 소설의 클라이맥스에 해당하는 부분, 즉 파리로 돌아온 몽테크리스토 백작이 정확한 예측으로 자기에게 억울한 누명을 씌웠던 세 악당에게 무사히 접근해서 치밀한 계획으로 그 가운데 두 명을 하나씩 처치하는 장면이었다. 이윽고 복수의 마지막 대상인 검사가 남았다. 치밀하게 준비해놓은 함정에 걸리기만 하면 검사는 꼼짝 못하고 파멸하게 돼 있었다. 백작이 검사의 딸과 막 사랑에 빠지려는 순간, 갑자기 방문이 요란하게 삐걱이다가 덜컥 열리면서 한 남자의 시커먼 그림자가 문간에 나타났다. 사내는 손전등 불빛으로 프랑스 백작을 쫓아내고 우리를 현실로 돌려놓았다.

우리 마을 촌장이었다. 그는 모자를 쓰고 있었다. 귀까지 퉁퉁 부어오른 얼굴은 손전등이 드리우는 시커먼 그림자 때문에 더욱 끔찍해 보였다. 뒤마의 이야기에 푹 빠져 있던 우리는 그가 오는 발소리를 전혀 듣지 못했던 것이다.

"아니, 무슨 바람이 불어 이 밤중에 여기까지 오셨소?"

깜짝 놀란 재봉사가 외쳤다.

"난 돌팔이 의사 때문에 촌장이 고생하고 있다는 얘기를 들어서 올해는 촌장을 만날 기회가 없을 거라고 생각했죠."

그러나 촌장은 재봉사가 그곳에 없기라도 한 듯 그쪽은 쳐다보지도 않았다. 그러곤 손전등 불빛으로 내 얼굴을 비췄다.

"왜 그러시죠?"

내가 물었다.

"날 따라와. 공안부에 가보면 알 테니까."

치통 때문에 촌장은 고함도 지르지 못하고 들릴락 말락한 소리로 중얼거렸지만, 인민의 적에게는 육체적 고문과 생지옥을 의미하는 공안부라는 말에 나는 와락 겁이 났다.

"왜죠?"

나는 떨리는 손으로 남포에 불을 붙이며 물었다.

"자넨 반동적인 음담패설을 이야기하고 있어. 내가 잠을 자지 않고 늘 감시하고 있다는 것이 천만다행이지. 숨기지 않고 말해주겠네. 난 자정부터 여기 있으면서 그 백작이라는 작자의 반동적인 이야기를 모두 다 들었다."

"진정하세요, 촌장 어른. 그 백작은 중국인이 아니라구요."

뤼가 끼어들었다.

"그건 내가 알 바 아냐. 우리의 혁명이 언젠가 전 세계에서 승리를 거둘 날이 올 것이다. 그리고 백작

177

이란 것은 국적이 어디든 반동분자일 수밖에 없는 거야."

"제 말 좀 들어보세요, 촌장 어른."

뤄가 다시 끼여들었다.

"그건 촌장 어른이 이야기의 앞부분을 모르기 때문에 하시는 말씀이에요. 그자는 귀족으로 변신하기 전에『붉은 어록』에 혁명단원으로 분류돼 있던 가난한 선원이었어요."

"너의 그런 어처구니없는 감언이설로 시간을 낭비하지 않겠다! 선량한 사람이 검사를 함정에 빠뜨리려고 하는 걸 본 적이 있나?"

그렇게 말하면서 촌장은 침을 내뱉었는데, 그것은 내가 스스로 움직이지 않으면 잡아끌고 가겠다는 표시였다.

나는 잠자코 일어났다. 함정에 걸려든 나는 체념하고 오랜 기간의 징계에 대비하는 사람처럼 두툼한 윗옷과 질긴 바지를 입었다. 셔츠 주머니에 들어 있던 물건을 꺼내다가 잔돈 몇 푼을 발견한 나는 그것이 공안부 간수들의 손에 들어가지 않도록 뤄에게 내밀었다. 뤄는 그 동전들을 침대에 내던졌다.

"나도 같이 가겠어."

"아니, 너는 여기 있어. 그리고 나 대신 모든 것을

맡아서 고락을 같이 해줘."

나는 그 말을 하면서 눈물을 떨어뜨리지 않으려고 노력해야 했다. 나는 뤄의 눈에서, 내가 공안부에서 심문을 받는 과정에서 따귀를 맞을지, 두들겨 맞을지, 회초리로 맞을지는 모르겠지만, 아무튼 고문을 이기지 못하고 배신할 경우를 대비해서 책들을 잘 숨겨놓으라는 내 뜻을 알아차렸다는 것을 읽었다. 어릴 적에 싸울 때 용기가 있다는 걸 보여주기 위해서 상대에게 덤벼들던 것과 똑같이, 낙담한 포로처럼 후들거리는 다리로 촌장을 향해 걸어가기는 했지만, 창피하게도 다리가 너무나 후들거렸다.

촌장의 숨결에서 썩은 냄새가 풍겼다. 그는 작은 눈과 눈에 맺힌 세 개의 핏멍울, 그리고 매정한 눈초리로 나를 맞았다. 한순간 나는 촌장이 내 멱살을 잡아 사다리 아래로 집어던질 거라고 생각했다. 그러나 그는 그 자리에 선 채 꼼짝도 하지 않았다. 촌장은 내게서 시선을 돌려 침대 쪽을 보고는 이어서 뤄를 쳐다보면서 이렇게 물었다.

"내가 보여주었던 주석 조각을 기억하지?"

"글쎄요, 잘 기억나지 않는데요."

뤄는 어리둥절한 얼굴로 대답했다.

"내 아픈 잇속에 넣어달라고 부탁했던 것 말이다."

"아, 이제 기억나요."

"그 주석 조각이 아직 여기 있지."

그러면서 촌장은 저고리 주머니에서 빨간 천에 싼 조그만 뭉치를 꺼냈다.

"그래서 그것으로 어쩌라고요?"

뤄는 더욱 어리둥절해하며 반문했다.

"훌륭한 치과의사의 아들인 네가 내 이를 치료해 주면 네 친구를 잡아가지 않겠어. 그러지 않으면 반동적인 이야기를 한 이 더러운 녀석을 공안부로 끌고 가겠다."

*

촌장의 치열은 들쭉날쭉한 산맥 모양이었다. 부어 오른 시커먼 잇몸에 있는 앞니 세 개는 선사시대의 바위, 시커먼 현무암과 비슷한 반면에 송곳니들은 홍적세의 광택 없는 담배빛 석회석을 연상시켰다. 어금니 몇 개는 치관齒冠에 가느다란 홈이 파였는데, 그것을 본 치과의사의 아들은 병리학자 같은 어조로 매독이 발병되기 전의 증후라고 단언했다. 촌장은 뤄의 진단을 부인하지 않고 얼굴만 슬쩍 돌렸다.

입 안 깊숙한 곳, 기공이 많고 황량하고 위협적이

180

고, 흡사 조가비를 품은 석회 암초처럼 생긴 시커먼 구멍에 썩은 이가 있었다. 그건 사랑니였는데 법랑질과 상아질이 엉망인데다가 카리에스가 형성돼 있었다. 분홍빛이 도는 노란색의 끈적끈적한 혓바닥은 얼마 전 치과의사의 실수로 뚫린 깊은 구멍을 슬쩍 어루만져보고는 다시 올라가 '암초'를 사랑스럽게 애무하더니 마침내 위로라도 하듯 끌끌거리며 혀 차는 소리를 냈다.

보통바늘보다 훨씬 굵은 크롬강으로 만든 재봉틀 바늘 하나가 크게 벌린 촌장의 입속으로 미끄러지듯 들어가 사랑니 위에 꼼짝 않고 있었다. 바늘이 이를 슬쩍 건드리자마자 반사작용으로 혓바닥이 번개처럼 침입한 물체를 향해 돌진하더니 차가운 금속성의 뾰족한 물체 끝을 더듬다가 소스라쳤다. 혀는 간지럼이라도 당한 듯이 얼른 뒤로 물러났다가 다시 달려들더니 처음 느끼는 감각에 흥분한 것처럼 거의 관능적으로 바늘을 핥았다.

늙은 재봉사의 발밑에서 재봉틀 페달이 움직였다. 재봉틀 바퀴에 걸린 피댓줄과 연결돼 있는 바늘이 회전을 시작하자 질겁한 촌장의 혀가 경련을 일으켰다. 손끝에 바늘을 쥔 뤼는 정확하게 위치를 맞추었다. 그는 잠시 기다렸다가 페달 속도가 빨라졌을 때

카리에스를 공격했다. 환자는 고통스런 비명을 질렀다. 뤄가 바늘을 떼기 무섭게 재봉틀 옆에 놓인 침대에서 촌장이 굴러떨어질 뻔했다.

"지금 나를 죽일 참이오? 내 아가리는 아무래도 상관없다는 거요?"

촌장이 몸을 일으키면서 재봉사에게 말했다.

"장터에서 본 대로 하겠다고 내가 미리 말했잖소. 돌팔이 의사 노릇을 해달라고 고집 피운 건 촌장이 잖소."

재봉사가 대답했다.

"정말 더럽게 아프군."

촌장이 말했다.

"아픈 건 피할 수 없다구요. 진짜 병원에서 전기드릴이 얼마나 빨리 도는지 이미 경험하셨죠? 일 초에 수백 번 회전한다구요. 바늘이 느리게 돌면 더 아프죠."

뤄는 딱 잘라 말했다.

"한 번 더 해보자구. 일주일을 먹지도 자지도 못했으니까. 아예 한 번에 끝장내는 게 낫지."

모자를 바로 쓰면서 촌장이 단호하게 말했다.

촌장은 바늘이 입속으로 들어오는 걸 보지 않으려고 눈을 감았지만, 결과는 마찬가지였다. 끔찍한 통증이 그를 침대 밖으로 밀어내는 바람에 바늘이 입에 박혔다.

촌장의 격렬한 움직임 때문에 내가 주석을 녹이기 위해 수저를 대고 있던 남폿불이 펄럭거렸다.

하지만 그런 포복절도할 상황에도 불구하고, 촌장이 나의 혐의를 걸고 넘어질까 두려워서 아무도 감히 웃지 못했다.

뤄는 바늘을 뽑아 깨끗이 닦고 나서 촌장에게 물한 잔을 주어 입 안을 헹구게 했다. 촌장은 바닥에 떨어진 모자 옆에다 피를 퉤 뱉었다.

늙은 재봉사는 깜짝 놀란 얼굴로 말했다.

"저런, 피가 나잖소."

"카리에스에 구멍을 내려면, 아무래도 촌장 어른을 침대에 묶는 것 말고는 달리 방법이 없겠어요."

뤄가 모자를 주워서 촌장의 헝클어진 머리에 씌워주면서 말했다.

"나를 묶겠다는 거야? 내가 인민공사의 위원이라는 걸 잊었나?"

기분이 상한 촌장이 외쳤다.

"촌장 어른의 몸이 협력을 거부하기 때문에 그렇게 해서라도 끝장을 봐야 합니다."

나는 촌장의 결정에 몹시 놀랐다. 나는 그때나 지

금이나 똑같은 의문을 갖고 있다. 그 정치적·경제적 압제자, 마을의 경찰관이 어떻게 그 굴욕적이면서 우스꽝스러운 자세를 받아들일 수 있었을까? 머릿속으로 대체 무슨 생각을 했기에 그런 어처구니없는 제안을 승낙했을까? 나는 한가하게 그 의문을 생각하고 있을 여유가 없었다. 뤄는 재빨리 촌장을 묶었고, 촌장의 머리를 두 손으로 고정시켜야 하는 어려운 임무를 맡게 된 재봉사는 내게 자기를 대신해서 페달을 밟으라고 했다.

나는 새로 맡게 된 임무를 아주 진지하게 받아들였다. 신발을 벗은 내 발바닥이 페달에 닿았을 때, 나는 내 임무의 무게가 근육에 영향력을 미치는 것을 느꼈다.

뤄가 신호를 보내자마자 나는 기계를 가동시키기 위해 두 발로 페달을 눌렀다. 다음 순간 두 발은 기계장치의 리드미컬한 움직임에 이끌렸다. 나는 큰길을 달리는 자전거선수처럼 페달을 밟아댔다. 흔들리며 진동하는 바늘이 다시 음험하고 위협적인 암초에 닿았다. 그 접촉 때문에 마치 구속복拘束服을 입은 미친 사람처럼 사투를 벌이는 촌장의 입속에서 따다닥거리는 소리가 났다. 촌장은 굵은 밧줄로 침대에 묶였을 뿐 아니라 영화의 고문 장면에서나 볼 수 있는 형태로 재봉사의 강철 같은 손에 덜미를 잡힌 채 꼼짝도 못하고 있었다. 촌장은 입의 양쪽 아귀로 거품을 뿜으며 하얗게 질린 얼굴로 힘겹게 숨을 쉬면서 신음을 토했다.

그 순간 갑자기, 화산이 분화하듯 나도 모르게 가슴속 깊은 곳에서 사디즘 충동이 솟구치는 느낌이 들었다. 나는 재교육 과정에서 겪었던 온갖 고통을 떠올리면서 즉시 페달의 속도를 늦추었다.

뤄는 내게 공모共謀의 눈길을 던졌다.

다음 순간 이번에는 체포혐의에 대한 복수를 하기 위해 속도를 좀더 늦추었다. 바늘은 고장나기 직전의 드릴처럼 천천히 돌았다.

어느 정도의 속도로 돌고 있었을까? 일 초에 한 번? 두 번? 누가 알겠는가? 어쨌든 크롬강 바늘은 카리에스를 뚫었다. 바늘이 한창 돌아가는 도중에 나는 마치 위험한 내리막길에 이르러 페달을 더 이상 밟지 않는 자전거선수처럼 두 발을 잠시 쉬었다. 그러면서도 나는 태연하고 악의 없는 표정을 지었다. 내 두 눈은 증오로 가득한 두 개의 구멍과는 거리가 멀었다. 나는 바퀴와 피댓줄을 확인하는 시늉을 했다. 이윽고 바늘이 다시 천천히 돌면서 진동하기 시작했다. 이번에는 자전거선수가 가파른 언덕을 힘겹게 올라가고 있었다. 바늘은 선사시대의 시커먼 바위에 구멍을 뚫는 앙심 품은 송곳이었다가 이번에는 날카로운 가위로 변해서 지방질의 누런 치즈 같은 가루를 구름처럼 피워올렸다.

나는 그때의 나만큼 가학 취미를 가진 사람을 아직 본 적이 없다. 분명 중증의 사디즘 환자였다.

방앗간 노인의 이야기

그래, 두 사람이 홀딱 벗은 걸 봤지. 난 일주일에 한 번씩 뒷산 골짜기로 나무를 하러 가는데, 그날도 평소처럼 급류가 흐르는 늪을 지나갔거든. 거기가 어디냐고? 우리 물레방앗간에서 1, 2킬로미터 정도 떨어진 곳이야. 이십 미터 높이에서 급류가 커다란 바위 위로 폭포처럼 떨어진다네. 그 밑에 작은 늪이 있는데, 바위에 에워싸인 채 깊고 푸른 물이 고여 있지. 거긴 산길에서도 꽤 떨어져서 좀처럼 사람들의 발길이 닿지 않는다네.

처음부터 두 사람이 보였던 건 아냐. 튀어나온 바위에 잠들어 있던 새들이 뭔가에 놀란 듯이 날아오르더니 요란하게 지저귀면서 머리 위로 지나갔거든.

그래, 빨간부리까마귀들이었지. 그런데 자네가 그걸 어떻게 아나? 모두 열 마리였어. 그중 한 놈이 잠이 덜 깼는지, 아니면 딴 놈들보다 더 공격적인 건지는 몰라도 나를 향해 달려들더니 날개로 내 얼굴을 치고 지나가기까지 했다네. 지금도 그놈의 야생적인 역한 냄새가 풍기는 것 같은걸.

난 그놈들을 보고 평소에 다니던 길을 한바퀴 돌아보기로 했지. 그러곤 작은 늪 쪽으로 눈을 돌리다가 수면 위로 머리를 내놓은 두 사람을 보았지. 두 사람은 빨간부리까마귀들이 놀라서 달아날 정도로 멋진 다이빙으로 잠수를 한 게 분명해.

자네의 그 통역관이었지? 아니, 처음부터 그 젊은이라고 알아본 건 아닐세. 나는 물속에서 두 사람의 몸뚱이가 한데 뒤엉킨 채 공처럼 끊임없이 돌고 도는 모습을 눈으로 좇았지. 그 모습에 어찌나 어리둥절했던지 나는 그들에겐 잠수 정도는 아무것도 아니라는 걸 알아차리기까지 한참이나 걸렸다네. 맙소사! 두 사람은 물속에서 교미를 하고 있었던 거야.

뭐, 성교라고? 그건 내겐 좀 어려운 말인걸. 우리 산골에선 교미라고 한다네. 아무튼 일부러 남의 정사 장면을 훔쳐볼 마음은 아니었어. 하지만 늙은 내 얼굴이 붉어질 정도였지. 물속에서 사랑하는 광경을 보기가 난생처음이라 도저히 자리를 뜰 수 없었네. 내 나이쯤 되면 몸을 사릴 필요야 없겠지. 이윽고 꽤 깊은 곳에서 빙글빙글 돌던 두 몸뚱이가 기슭으로 향하더니 자갈밭에 누웠지. 햇살에 반짝이는 급류의 맑은 물 때문에 두 사람의 낯뜨거운 동작이 한층 돋보였다네.

사실은 몹시 부러웠어. 눈이 즐거운 그 여흥거리를 놓치고 싶지 않아서가 아니라 내가 늙었기 때문이었지. 늙어버린 뼈다귀를 빼면 몸뚱이가 온통 물컹물컹하다는 걸 깨달았거든. 그들이 맛보던 수중 쾌락을 나는 결코 경험하지 못할 거라는 걸 알았으니까 말일세.

교미가 끝난 후 처녀애가 나뭇잎을 얽어 만든 옷을 물에서 주워올려 허리에 묶었지. 젊어서 그런가, 피곤해 보이기는커녕 힘이 넘치는지 처녀가 암벽을 기어오르더군. 이따금 처녀의 모습은 시야에서 사라지곤 했네. 처녀는 푸른 이끼가 덮인 바위 뒤로 사라졌다가는 마치 돌 틈에서 솟아난 듯이 다른 쪽 바위에서 불쑥 나타나곤 했지. 처녀는 허리에 두른 옷을 매만져 거길 잘 가리고는 늪에서 십여 미터 위쪽에 있는 큰 바위로 올라갔어.

물론 처녀애는 나를 보지 못했네. 난 젊은 사람들 눈에 띄지 않도록 낙엽이 무더기진 덤불 뒤편에 숨어 있었으니까 말이야. 그앤 방앗간에 온 적이 없는 낯선 처녀였지. 하지만 처녀가 튀어나온 바위에 섰을 때, 나는 물에 젖은 알몸을 감상할 수 있을 정도로 가까이 있었네. 처녀는 허리 옷을 만지작거리더니 붉은 젖꼭지가 돌기한 팽팽한 젖가슴 아래, 배를 둘둘 감았지.

다시 돌아온 빨간부리까마귀들이 처녀가 서 있는 높고 비좁은 바위 위에 내려앉았지.

다음 순간 갑자기, 그 처녀가 새들을 헤치고 두세 걸음 뒤로 물러섰다가 마치 하늘에서 활강하는 제비의 날개처럼 두 팔을 활짝 벌린 채 공중으로 몸을 날리는 거야.

그 순간 까마귀들도 함께 날아올랐다네. 하지만, 새들은 그대로 멀리 날아가버리지 않고 제비처럼 떨어지는 처녀 옆으로 돌진하더군. 새들은 날개를 수평으로 편 채 날았고 처녀는 물에 닿을 때까지 두 팔을 쭉 펼친 채 날다가 물속으로 사라졌네.

난 사내 쪽으로 고개를 돌렸네. 그 젊은이는 알몸으로 기슭 바위에 기대 앉아 눈을 감고 있었어. 젊은이의 물건은 말랑말랑한 채 축 늘어져 있었지.

그걸 보니 어디선가 본 젊은이라는 느낌이 들었지만 그게 어디였는지 생각이 나질 않았어. 숲으로 들어가 나무를 베는데 그제서야 몇 달 전에 자네와 함께 나를 찾아왔던 젊은 통역관이었다는 게 기억났지.

그 가짜 통역관 말일세. 그 친구가 내 눈에 띈 건 그나마 운이 좋았던 거야. 난 조금도 감정이 상하지 않았기 때문에 밀고하지 않았네. 하지만 장담하는데, 내가 아닌 다른 사람이 봤다면 공안부로 끌려갔을 거야.

뤄의 이야기

대체 뭘 기억하라는 거야? 그애가 수영을 잘하느
냐고? 그래, 이젠 돌고래처럼 멋지게 수영하지. 그전
에는 어땠느냐고? 시골 사람처럼 다리는 가만 놔둔
채 팔만 움직여서 헤엄쳤지. 내가 평영을 가르쳐주
기 전에는 팔을 벌릴 줄도 모르고 개헤엄만 쳤어. 하
지만 그앤 진짜 수영선수 같은 몸을 가졌어. 겨우 두
어 가지를 가르쳐줬는데 이젠 접영까지 할 줄 안다
구. 허리를 너울너울 움직이고 상체는 완벽에 가까
운 유선형 곡선을 그리며 물 밖으로 내밀고 두 팔을
벌린 채 두 다리로 흡사 돌고래 꼬리지느러미처럼
물을 헤치면서 나아가지.

공중제비는 그애 혼자 터득한 거야. 나는 고소공포증이 있어서 한 번도 해본 적이 없어. 우리가 수중천국과도 같은 외딴 늪에 올 때마다 그애는 어지러울 정도로 높은 곳으로 기어올라가서 깊은 물속으로 다이빙을 하곤 했지. 나는 그애가 거의 수직으로 떨어지는 모습을 밑에서 지켜보았어. 하지만 그걸 보고 있으면 머리가 어지러워서 마치 그림자연극을 보기라도 하듯, 윤곽이 선명한 뒤편의 커다란 은행나무들과 뾰족한 산봉우리가 흐릿해지고 그애는 나무 꼭대기에 매달린 열매처럼 아주 작게 보였어. 그애가 뭐라고 외쳐도 열매에서 나는 조그만 소리처럼 들릴 뿐이었지. 폭포수 때문에 희미하게 들리는 모기 소리 같다고나 할까. 그런데 다음 순간 갑자기 허공을 돌며 떨어지는 열매가 바람을 가로질러 내가 있는 아래쪽으로 날아오는 거야. 그러곤 자홍색의 가느다란 화살처럼 요란한 소리도 없이 물도 크게 튀기지 않은 채 물속으로 머리를 내리꽂곤 했지.

감옥에 갇히시기 전에 아버지께서, 춤은 남에게서 배울 수 없는 거라는 말씀을 종종 하셨어. 그 말씀이 맞아. 다이빙이나 시를 쓰는 일도 춤처럼 혼자서 터득하는 거야. 아무리 평생 훈련해도 열매처럼 가뿐히 낙하할 수 없는 사람들은 공중에서 바위가 떨어지는 것처럼 떨어질 뿐이라구.

내겐 어머니가 생일선물로 주신 열쇠고리 하나가 있었지. 녹색 줄무늬가 있고 작은 잎새 모양의 옥이 달린 도금 고리인데, 나는 불운을 물리치는 부적 삼아서 그걸 늘상 몸에 지니고 다녔어. 지금은 비록 아무것도 가진 게 없지만 그 고리엔 열쇠가 잔뜩 달려 있지. 청두의 우리 집 대문열쇠, 어머니 서랍 아래에 있는 내 개인 서랍열쇠, 부엌열쇠, 재크나이프, 손톱깎이까지……. 최근에는 '안경잡이'의 책을 훔칠 때 쓴 만능열쇠도 달아놓았어. 우리의 행복한 불법 침입을 기념하려고 소중하게 간직했지.

9월의 어느 날 오후, 난 그애와 함께 작은 늪에 갔어. 언제나처럼 그곳에는 아무도 없었고 물은 여느 때보다는 좀 차가웠어. 거기서 그애한테 발자크의 『잃어버린 환상』 열 페이지를 읽어주었지. 『고리오 영감』보다는 감명이 덜했지만 말이야. 그애가 급류에 떠내려오는 거북 한 마리를 돌 틈에서 잡더라구. 난 재크나이프로 그 거북의 껍질에 코가 길쭉한 두 야심가의 얼굴을 새기곤 도로 놔주었지. 거북은 순식간에 사라졌어. 그때 나는 속으로 이렇게 말했어.

'누군가가 나를 이 산에서 나가게 해줄 날이 있을까?'

그 바보 같은 생각 때문에 난 몹시 괴로워졌어. 정말 우울했지. 그래서 나는 재크나이프를 도로 접은 후 열쇠고리에 달린 청두의 우리 집 열쇠들, 다시는 내가 쓸 일이 없을 그 열쇠들을 보면서 하마터면 울음을 터뜨릴 뻔했어. 방금 자연 속으로 사라진 거북이 얼마나 부럽던지. 절망에 빠진 나는 깊은 물속에다 열쇠꾸러미를 던져버렸어.

그러자 그애가 열쇠고리를 건지려고 접영동작으로 물속에 뛰어든 거야. 그런데 물속에 들어간 그애가 아무리 기다려도 나타나지 않았어. 난 점점 불안해졌지. 불길한 검은빛을 띤 수면은 이상하리만큼 고요했어. 거품조차 일지 않았다구.

"빌어먹을! 대체 어디 있는 거야?"

난 그렇게 소리쳤어. 그러곤 바느질 처녀의 이름을 소리쳐 부르려다 그대로 늪의 맑고 깊은 물속으로 뛰어들었어. 그 순간 그애가 보였지. 그애는 흡사 돌고래처럼 몸을 흔들면서 내 앞에서 수면을 향해 올라가고 있었어. 난 물속에서 긴 머리를 하늘거리며 예쁘게 몸을 흔드는 그 모습에 얼마나 놀랐는지 몰라. 정말 눈이 부실 만큼 아름다웠지.

곧이어 수면으로 올라와보니 그애가 반짝이는 진주알 같은 물방울이 잔뜩 맺힌 열쇠고리를 입에 물고 있었어.

그애는 내가 언제든 이 재교육을 마치고 산골을 나가게 되면 그 열쇠들을 쓰게 될 거라고 믿는 유일한 사람이었어.

그날 오후 이후로 우리는 늪에 갈 때마다 습관처럼 열쇠고리 찾기 놀이를 했지. 내가 그 놀이를 좋아한 건 내 미래를 점치기 위해서가 아니라 투명한 나뭇잎 옷을 입고 물속에서 관능적으로 몸을 흔드는 그애의 매혹적인 알몸을 감상하기 위해서였어.

그런데 오늘 열쇠고리를 잃어버리고 말았어. 그애가 두 번째로 물속에 뛰어들었을 때 말렸어야 했어. 큰일이 생기지 않은 것이 천만다행이지. 아무튼 다시는 그곳에 가고 싶지 않아.

오늘 저녁 마을로 돌아왔더니, 어머니가 응급실에 있으니 어서 귀가하라는 전보가 와 있었어.

아마 내가 이를 치료해준 덕분에 촌장이 어머니 곁에서 한 달을 보내도 좋다고 허락해주었을 거야. 난 내일 아침에 떠날 거야. 무슨 운명의 장난인지는 몰라도 난 열쇠를 잃어버린 채 부모님 집으로 가야 할 모양이야.

바느질 처녀의 이야기

뤼가 읽어주는 소설을 듣고 있으면 급류의 찬물로 잠수하고 싶은 욕망이 일었어. 왜냐고? 욕망을 채우고 싶어서지! 때론 가슴에 담은 것을 입 밖으로 말하지 않고는 도저히 배길 수 없을 때가 있잖아!

늪의 바닥에는 어슴푸레하고 푸른빛이 서려 있어서 사물을 구별하기가 쉽지 않았어. 언제나 뿌연 막 같은 것 때문에 눈앞이 흐렸지. 다행히 뤼의 열쇠고리는 언제나 그리 넓지 않은 늪의 한복판, 같은 자리에 떨어져 있곤 했어. 시야가 흐려서 돌멩이는 손으로 하나하나 만져봐야 겨우 구분할 수 있지. 밝은색으로 반들반들한 달걀 모양의 작은 돌멩이도 있었어. 그 돌멩이는 아마 몇 년 전, 아니 어쩌면 몇백 년 전부터 그 자리에 있었을 테지? 큰 돌 중에는 사람의 머리 모양을 한 것도 있고 물소처럼 구부러진 뿔이 달린 것들도 있어. 정말이야. 드물기는 하지만 간혹 뾰족하게 날이 서서 스치기만 해도 피가 나고 살점이 떨어질 것 같은 돌도 있고 조가비들도 있어. 조가비가 어디서 왔는지는 모르겠지만 말이야. 그것들은 돌바닥에 단단히 박힌데다 부드러운 이끼로 덮여 있어서 돌처럼 보이지만 난 그것이 조가비라는 걸 금방 알 수 있었어.

뭐라고? 내가 그애의 열쇠고리 건지는 걸 좋아하는 이유가 뭐냐고? 네가 나를, 주인이 던진 뼈다귀를 찾으러 뛰어가는 개만큼 얼빠진 애로 생각한다는 건 알아. 하지만 난 발자크의 프랑스 아가씨가 아니라구. 난 두메산골에 사는 촌뜨기야. 난 그런 식으로 뤄를 기쁘게 해주는 게 정말 좋았어.

마지막에 무슨 일이 일어났는지 얘기해주길 바라는 거지? 일주일 전, 뤄가 가족의 전보를 받기 직전이었어. 우리는 정오에 그곳에 도착했어. 수영을 하긴 했는데, 그냥 물에서 즐겁게 노는 정도였어. 그러고 나서 내가 싸온 옥수수빵과 달걀과 과일을 먹으면서 뤄는 백작이 된 프랑스 선원의 이야기를 조금

해주었어. 우리 아버지가 네게서 들었던 그 이야기 말야. 아버지는 이제 그 복수하는 주인공의 열렬한 찬미자가 되셨어. 백작이 젊었을 적에 약혼했다가 이십 년을 감옥에서 보내느라 만나지 못했던 여자와 재회하는 장면을 뭐가 들려주었어. 그녀는 백작을 알아보지 못한 체했어. 정말로 과거를 기억하지 못하는 사람처럼 기막힌 연기를 했지. 난 그 부분에서 완전히 두 손을 들었다니까!

우린 낮잠을 자려고 했어. 그런데 잠이 오지 않아서 그 장면을 다시 생각해보았지. 그래서 우리가 뭘 했는지 알아? 뭐는 몽테크리스토가 되고, 나는 그의 옛 약혼녀가 되어서 이십 년 후 어디선가 재회하는 장면을 연기한 거야. 정말 재미있었어. 내 입에서 저절로 튀어나온 말들은 모두 즉흥적으로 지어낸 것들이었거든. 뭐도 옛 선원의 역할을 완벽하게 해냈어. 그는 나를 여전히 사랑하고 있었어. 그런데 내가 하는 말이 뭐의 기분을 상하게 만든 모양이야. 그게 얼굴에 나타났거든. 마치 내가 정말로 자기를 함정에 빠뜨린 친구와 결혼한 것처럼 뭐는 내게 매정하고 화가 난 증오의 눈길을 던졌어.

그건 나에게 아주 새로운 경험이었어. 전에는 나 아닌 다른 사람을 흉내낸다는 것, 가령 내가 전혀 그렇지 않은데 만족스러운 삶을 사는 부유한 여자인 체한다는 건 상상도 하지 못했어. 뤄는 내가 훌륭한 배우가 될 소질이 있다고 했어.

연기를 하고 나서 우리는 예의 그 놀이를 했어. 뤄의 열쇠고리는 돌멩이처럼 평소의 그 자리로 떨어졌어. 나는 풍덩 물속으로 잠수했고 말이야. 그런데 바닥을 더듬으며 돌과 구석진 곳을 여기저기 파헤치던 내가 갑자기 아주 어두운 곳에서 뱀을 건드렸던 거야. 얼마나 놀랐는지 몰라. 오랫동안 뱀을 만진 적이 없었거든. 물속인데도 뱀의 미끌미끌하고 차가운 살이 느껴졌어. 난 반사적으로 즉시 도망쳐서 수면으로 올라왔지.

뱀이 어디서 온 걸까? 정말 모를 일이야. 아마 급류에 실려왔다가 새로운 왕궁을 찾고 있는 굶주린 뱀이었을 거야.

얼마 후, 뤄의 만류에도 불구하고 나는 다시 잠수했어. 나는 뱀에게 그애의 열쇠를 넘겨주고 싶지 않았어.

하지만 두 번째 잠수 때는 얼마나 무서웠는지 몰라! 뱀 때문에 머리가 돌았나봐. 물속인데도 등으로 식은땀이 흐르는 게 느껴졌어. 바닥을 덮고 있는 돌들이 느닷없이 움직이기 시작하면서 이상한 괴물처럼 나를 에워싸는 것 같았어. 상상해봐, 어땠을지!
나는 숨을 돌리기 위해서 수면으로 다시 올라왔지.

세 번째는 하마터면 보기 좋게 당할 뻔했어. 마침
내 열쇠고리를 발견했지. 그런데 그게 반짝이는데도
왠지 흐느적거리는 것 같았어. 내가 그쪽으로 손을
내미는데 갑자기 오른쪽 손목에 뭔가 닿는 것 같더
니 무시무시한 이빨이 깨무는 느낌이 든 거야. 불에
덴 것처럼 몹시 따가웠지. 결국 난 열쇠고리를 포기
하고 도망칠 수밖에 없었어.

오십 년이 지나도 손가락에 난 이 보기 싫은 흉터
는 사라지지 않을 거야. 한번 만져볼래?

뤄는 한 달 간의 휴가를 받고 떠났다.

내가 이따금 혼자 있기를 좋아하는 것은 내가 하고 싶은 대로 하고, 배가 고플 때면 아무 때나 먹을 수 있기 때문이다. 만약 뤄가 출발하기 전에 내게 미묘한 임무를 주지만 않았다면 나는 우리 오두막을 지배하는 행복한 왕자 노릇을 했을 것이다.

뤄는 이상하게도 목소리를 낮추면서 말했다.

"너한테 한 가지 부탁이 있어. 내가 없는 동안에 네가 바느질 처녀의 보디가드가 되어주었으면 해."

뤄의 말에 의하면, '재교육 청년들'을 포함해서 다른 수많은 산골 청년들이 바느질 처녀에게 눈독을 들이고 있다는 것이다. 그래서 자기가 없는 틈을 이용해서 그 연적들이 재봉사의 점포로 몰려가 한바탕 싸움을 벌일 것이라고 덧붙였다.

"잊지마. 그애가 '하늘긴꼬리닭' 최고의 미인이라 는걸."

내 임무는 그애의 마음을 지키는 문지기처럼 날마 다 곁을 지키면서 경쟁자들이 그애의 사생활에 끼여 들어 내 지휘관인 뤄의 고유한 영역으로 들어갈 기 회를 원천봉쇄시키는 것이었다.

나는 내심 놀라면서도 한편으로는 흐뭇한 마음으 로 그 임무를 받아들였다. 길을 떠나면서 내게 그런 부탁을 하다니, 그건 뤄가 나를 철석같이 믿는다는 증거인 셈이었다! 그건 내가 그녀를 훔칠지 모른다 는 걸 추호도 의심하지 않은 채 자신의 인생에서 가 장 소중한 보물을 맡기는 것이나 다름없었다.

처음에는 친구의 믿음을 배신하지 않겠다는 한 가 지 의욕밖에는 없었다. 나는 내가 절친한 친구이자 대장인 사람의 여자를 호송하기 위해 무시무시한 사 막을 통과해야 하는, 패주하는 부대의 지휘관이라고 상상했다. 밤마다 나는 권총과 경기관총으로 무장을 한 채, 어둠 속에서 이글이글 욕망에 찬 인광을 내뿜 으며 그녀를 탐하려는 흉악한 야수들이 접근하지 못 하도록 고결한 미인의 천막 앞을 지킨다. 한 달 후,

모래바람이 몰아치고 식량과 물은 떨어지고 병사들이 반항하는 등 끔찍한 시련을 겪어가면서 우리는 사막을 가까스로 빠져나온다. 여자가 마침내 내 친구인 대장을 향해 달려가 두 사람이 포옹하는 순간, 나는 사막의 마지막 모래언덕 꼭대기에서 피로와 갈증으로 정신을 잃는다……

뤼가 전보를 받고 도시로 소환된 다음날부터 아침마다 바느질 처녀가 사는 마을로 통하는 산길에 사립탐정 하나가 모습을 나타냈다. 그의 얼굴은 심각했고 걸음걸이는 다급했다. 그는 성실한 탐정이었다. 때는 가을. 탐정은 순풍을 받고 항해하는 범선처럼 잰걸음으로 걸었다. 그러나 '안경잡이'가 살던 집을 지나 산길이 북쪽으로 꺾어지는 지점에 이르자 노련한 탐정은 가급적이면 맞바람을 피하기 위해 등을 구부리고 머리를 낮춘다. 아찔한 낭떠러지 사이로 난 폭 삼십 센티미터의 위험한 통로, '사랑의 순례'를 위해서는 반드시 거치지 않으면 안 되는 길에 이르러 탐정은 걸음을 늦추긴 했지만 멈추지도 엉금엉금 기어가지도 않았다. 그는 현기증과의 싸움에서 날마다 승리를 거둔다. 통로 맞은편, 늘 똑같은 바위에 앉은 빨간부리까마귀의 차가운 눈을 노려보면서 약간 비틀거리는 걸음으로 건너가곤 했다.

이 곡예하는 탐정이 왼쪽이든 오른쪽이든 한 발이라도 헛디뎠다가는 그대로 낭떠러지 아래로 떨어져 산산조각이 날 것이다.

사립탐정이 까마귀에게 말이라도 걸었을까? 아니면 까마귀에게 줄 빵 부스러기라도 가져갔을까? 그렇지는 않을 것이다. 그는 까마귀에게서 깊은 인상을 받았고, 한참이 지난 뒤까지도 까마귀가 자기에게 던졌던 싸늘한 눈초리를 기억했다. 그런 차가운 눈길은 신神에게나 어울리는 것이었다. 하지만 그 새도 임무만을 생각하는 탐정의 확신을 흔들어놓지는 못했다.

지금 탐정은 예전에 뤄가 지고 다녔던 대나무 채롱을 지고 있다. 푸 레이가 번역한 발자크 소설 한 권이 채롱 속의 야채나 쌀, 옥수수 밑에 감춰져 있다. 구름이 잔뜩 낀 날 아침 멀리서 보면 대나무 채롱이 저 혼자 산길을 오르다가 먹구름 속으로 사라지는 것처럼 보인다.

바느질 처녀는 자신이 보호받고 있다는 건 생각도 못한 채 나를 오로지 책을 읽어주는 후임자쯤으로 여겼을 것이다.

나는 그녀가 전임자보다는 나를, 아니 내가 책을 읽어주는 방식을 더 마음에 들어한다고 확신했지만 그렇다고 우쭐해하지는 않았다. 한 페이지씩 큰 소리로 읽는 일은 정말이지 따분해서 나는 그애가 재봉틀을 돌리며 일하는 동안 대충 읽기 방식으로, 다시 말해서 먼저 두어 페이지나 짧은 장을 읽어주는 방식을 취했다. 그런 다음 짤막하게 되새기고 나서 바느질 처녀한테 질문을 하거나 그 다음 장면을 알아맞춰보라고 했다. 그애가 대답을 하고 나면 책 속의 내용을 단락별로 정리해주었다. 나는 그애가 이야기를 더 재미있게 들을 수 있게 군데군데 내 개인적인 취향을 덧붙이곤 했다. 그랬다가 발자크가 좀 지쳐 보이면 마음대로 상황을 꾸미기도 하고 다른 소설의 일화를 집어넣기도 했다.

이쯤에서 재봉사 일가의 시조 격인 양복점 주인에 대해 알아보자. 인근 마을로 줄곧 출장을 다녀야 하는 늙은 재봉사가 자기 집에서 머무는 기간은 기껏해야 이틀이나 사흘밖에 되지 않았다. 그는 곧 나의 일상적인 방문에 익숙해졌다. 뿐만 아니라 그는 손님으로 위장하고 벌떼처럼 몰려드는 구혼자들을 쫓아냄으로써 내 임무를 도와주는 훌륭한 공범 역할을 했다. 그는 우리 집에서 『몽테크리스토 백작』을 듣는 데 보낸 아흐레 밤을 잊지 않았다. 그리고 그 일이 이번에도 되풀이되었다. 처음보다는 열기가 좀 덜했지만, 여전히 이야기에 큰 관심이 있는 그에게 나는 발자크의 추리소설『사촌형 퐁스』의 한 부분을 들려주었다. 그런데 그 대목이 공교롭게도 고철장수 레모넹크가 그 작품의 조역인 재봉사 시보를 서서히 괴롭히다가 죽이는 부분이어서 그는 몹시 흥분했다.

　세상의 어떤 탐정도 나만큼 임무에 필사적이지는 못했을 것이다.『사촌형 퐁스』의 두 장을 읽는 사이사이에도 나는 자진해서 가사를 도왔다. 나는 날마다 들통 두 개가 달린 물지게를 지고 공동우물에서 물을 길어 그 집의 물독을 채워놓았다. 식사를 준비하면서 요리사의 인내심을 요구하는 자질구레한 일에서 보잘것없는 기쁨을 찾는 일도 자주 일어났다. 채소를 씻고 다듬거나 고기를 썰거나 날이 무딘 도끼로 장작을 패거나 나무를 하거나 금방이라도 꺼질 듯한 불씨를 살려내는 일 등등. 나는 필요하다면 질식할 듯한 연기와 숨 막히는 먼지 속에서도 불을 살리기 위해 입을 크게 벌리고는 숯에다 젊음의 조급한 입김을 훅훅 불어대기도 했다. 발자크의 작품에서 여자에 대한 예의와 존경법을 배운 나는 주문이 밀려서 바느질 처녀가 눈코 뜰 새 없이 바쁠 때는 초겨울인데도 불구하고 냇물에서 손빨래를 하기까지 했다.

그런 일에 익숙해지면서 나는 점점 여성다워져갔다. 봉선화꽃을 보고 내가 무슨 생각을 했겠는가! 봉선화는 꽃집이나 여염집 창가에서 쉽게 눈에 띄는 꽃이다. 노란 꽃도 있지만 주로 빨간색인 봉선화는 열매가 맺히고 여물면 살짝 건드리기만 해도 씨를 터뜨린다. 긴꼬리닭의 머리와 날개, 발, 심지어 꼬리까지 연상시키는 그 꽃은 가히 '하늘긴꼬리닭 산'의 상징이나 다름없었다.

어느 늦은 오후, 우리 두 사람은 호기심 어린 눈길을 피해 부엌에서 단둘이 마주 보고 앉아 있었다. 책 읽어주는 이야기꾼, 요리사, 세탁부의 임무도 겸한 탐정이 이번에는 바느질 처녀의 손가락을 나무대야에 담가 정성껏 씻어준 다음, 능숙한 미용사처럼 손가락 하나하나에 봉선화 꽃잎을 빻은 걸쭉한 즙을 조심스럽게 올려놓아주었다.

그녀의 손가락은 밭일 때문에 흉해진 여느 시골 여자들의 손과는 달랐다. 오른손 엄지손가락에는 뱀 이빨이 남긴 장밋빛 흉터가 있었다.

"이건 여자들이 하는 거잖아. 어디서 배운 거지?"

바느질 처녀가 물었다.

"어머니한테 들은 거야. 손끝을 천으로 매고 잤다가 아침에 풀어보면 매니큐어를 칠한 것처럼 새빨갛게 물들 거야."

"오래갈까?"

"열흘쯤은 갈 거야."

나는 그 작품에 대한 보상으로 다음날 아침 빨간 손톱에 입을 맞출 수 있게 해달라고 말하고 싶었지만, 아직 아물지 않은 엄지손가락의 흉터가 나의 신분에 따르는 금기사항을 지킬 것을, 임무를 내린 지휘관에 대한 기사도적 약속을 지킬 것을 요구했다.

그날 저녁, 『사촌형 퐁스』가 든 대나무 채롱을 지고 그 집을 나오던 나는 그 마을 청년들의 질투를 한 몸에 받고 있다는 것을 피부로 느낄 수 있는 사건을 겪었다. 산길로 접어들자마자 어디선지 열댓 명의 마을 청년들이 등 뒤에 불쑥 나타나더니 아무 말 없이 나를 따라왔다.

내가 고개를 돌리고 쳐다보았으나 적의를 품은 그 패거리는 조금도 아랑곳하지 않고 계속 따라오기만 했다. 나는 걸음을 서둘렀다.

그때 갑자기, 그 지방 사투리를 우스꽝스럽게 과장한 목소리가 등 뒤에서 들려왔다.

"아아, 바느질 처녀시여, 그대를 위해 빨래를 해드리겠어요."

그것이 나의 말투를 비아냥거린 것임을 깨달은 나

는 얼굴이 화끈 달아올랐다. 나는 그런 못된 장난을
치는 놈이 누군지 확인하려고 돌아보았다. 그 패거
리 중에 나이가 제일 많은 절름발이가 장난감 새총
을 지휘봉처럼 휘젓고 있었다.

내가 아무 소리도 못 들은 척하고 계속 걸어가자
그 패거리가 나를 포위하고 밀치면서 절름발이가 했
던 말을 합창하듯 외쳐댔다. 그러곤 음탕하고 요란
하고 거친 웃음소리를 터뜨렸다.

이윽고 패거리 중 하나가 내게 손가락질까지 하면
서 자존심을 긁는 말을 던졌다. 그것으로써 나에 대
한 모욕은 한층 구체화되었다.

"바느질 처녀의 팬티까지 빨아준 이 더러운 자
식!"

내게는 실로 더할 나위 없이 충격적인 말이었지
만, 상대방의 입장에서 보면 더할 나위 없이 정확한
말이었다. 난 대꾸는커녕 곤혹스러움을 감출 도리도
없었다. 실제로 그녀의 팬티를 한 장 빤 적이 있었으
니까.

다음 순간 절름발이가 내 앞을 가로막고 바지를
내리더니 팬티까지 벗었다. 털이 수북한데다 잔뜩
오그라든 성기가 드러났다.

"자, 내 팬티도 좀 빨아줄래?"

절름발이는 도발적이고 음탕한 미소를 흘리며 너무 흥분해서 일그러진 얼굴로 외쳤다.

절름발이는 누덕누덕 기운데다 때가 꼬질꼬질해서 거의 시커멓게 보이는 싯누런 팬티를 머리 위로 쳐들고 흔들어댔다.

난 내가 알고 있는 욕이란 욕을 죄다 퍼붓고 싶었지만, 너무나 분통이 터지고 화가 치민 나머지 한마디도 하지 못했다. 온몸이 부르르 떨리면서 울고 싶기만 했다.

그 다음 일은 잘 기억나지 않지만, 내가 채롱을 마구 휘두르며 절름발이에게 달려들었던 일은 생각난다. 나는 채롱으로 녀석의 얼굴을 후려치려 했지만 녀석이 피하는 바람에 오른쪽 어깨만 때리고 말았다. 나는 15대 1의 수적 열세 속에서 건장한 두 놈에게 완전히 제압당하고 말았다. 채롱이 찢어지면서 엎어지는 바람에 내용물이 쏟아졌다. 깨진 계란 두 개가 배춧잎 위로 줄줄 흘러내리면서 먼지를 뒤집어쓴 『사촌형 퐁스』의 표지를 더럽혔다.

문득 주위가 조용해졌다. 나와 싸우던 패거리, 다시 말해서 질투에 불타는 바느질 처녀의 구혼자들은 모두 문맹이었지만 책이라는 낯선 물건 앞에 어리둥절해했다. 내 팔을 잡고 있던 두 녀석을 제외한 나머지가 다가가서 책을 에워쌌다.

팬티를 벗은 절름발이가 그 자리에 쭈그리고 앉더니 표지를 넘겨 기다란 은빛 턱수염과 콧수염을 기른 발자크의 흑백사진을 보았다.

"이 사람이 칼 마르크스인가? 넌 우리보다 여행을 많이 했으니까 알겠지?"

패거리 중 하나가 절름발이에게 물었다.

"아니, 레닌인가?"

다른 녀석이 말했다.

"사복 차림을 한 스탈린일지도 몰라."

난 그들 패거리가 잠시 술렁거리는 틈을 이용해서 있는 힘을 다해 잡혔던 팔을 빼고 책을 에워싼 녀석들을 밀치고 다이빙을 하듯 『사촌형 퐁스』를 향해 돌진했다.

"그건 건드리지 마!"

나는 마치 폭발하기 직전의 폭탄과도 같이 고함을 질렀다.

책을 빼앗겼다는 사실을 절름발이가 미처 의식도 하기 전에 난 전속력으로 산길을 내달렸다.

그런 나를 향해 한동안 돌멩이와 고함 소리가 날아왔다.

"계집애 팬티까지 빨아준 더러운 자식! 겁쟁이!

네 놈을 재교육시킬 거야!"

다음 순간 새총에서 발사된 돌멩이 하나가 내 왼쪽 귀를 때렸다. 지독한 통증과 함께 삽시간에 아무 소리도 들리지 않았다. 나는 반사작용으로 귀에 손을 갖다대보았는데 손이 온통 피로 얼룩졌다.

등 뒤에서는 말도 안 되는 음탕한 욕설이 점점 더 심해졌다. 암벽에 부딪혀서 되돌아오는 메아리가 산 속에 울려퍼지면서, 가만 놔두지 않겠다는 협박과 새로운 함정을 경고하는 소리로 내용이 바뀌었다. 얼마 후 모든 소리가 그쳤다. 정적뿐이었다.

부상당한 탐정은 집으로 가는 길에, 아쉽지만 이번 임무를 포기하기로 마음먹었다.

그날 밤은 유난히 길었다. 오두막집은 어느 때보다도 황량하고 축축하고 칙칙하게만 여겨졌다. 공기에서는 폐가의 냄새가 떠돌았다. 곰팡이 썩는 냄새가 풍기면서 아무도 살지 않는 빈집 같았다. 그날 밤 나는 왼쪽 귀의 통증을 잊을 겸 두세 개의 남포에 모조리 불을 붙이고는 내가 제일 좋아하는 소설 『장크리스토프』를 다시 한 번 읽었다. 그러나 남포의 연기로도 없어지지 않는 곰팡이 냄새 때문에 정신이 아득해지는 느낌이었다.

이제 귀에서 피는 나지 않았지만 퉁퉁 부어오른 귀가 너무 아픈 나머지 책을 읽을 수가 없었다. 귀를 살짝 건드리기만 해도 정신을 잃을 정도의 통증이 느껴졌다.

정말이지 끔찍한 밤이었다! 나는 그날 밤 일을 아직도 생생히 기억한다. 그러나 몇 년이 지난 지금도 여전히, 그때 내가 보인 반응은 이해가 가지 않는다. 그날 밤 마치 바늘로 덮인 침대에 누워 있는 듯, 잠 못 이루고 이리저리 뒤척이던 나는 질투심에 사로잡힌 절름발이의 귀에다 어떻게 복수를 할 것인지를 상상하는 대신 그 패거리에게 다시 한 번 두들겨맞는 내 모습을 상상했던 것이다. 나는 나무 줄기에 묶여 있다. 녀석들이 내게 주먹질을 퍼부어대며 고문을 가한다. 햇살이 칼날에 부딪혀 눈부시게 반짝거린다. 절름발이가 내게 들이댄 칼은 푸줏간에서 쓰는 그런 칼이 아니라 놀랍게도 날이 길고 날카로운 검이다. 절름발이는 손끝으로 조심스레 날을 만져보더니 칼을 번쩍 들어 내 왼쪽 귀를 싹둑 자른다. 귓바퀴가 땅바닥에 떨어졌다가 튀어오르는 사이에도 녀석은 피묻은 칼날을 닦고 있다. 그 순간 바느질 처녀가 울면서 현장에 도착하면서 놈들의 야만스러운 행위는 중단되고 절름발이 패거리는 달아난다.

나는 손톱에 봉선화 물이 곱게 물든 처녀에게 애써 아무렇지도 않은 태도를 보인다. 그애는 내 입속에 손가락을 쑤셔넣고 내가 뜨거운 혀로 핥을 수 있게 해준다. 반짝이는 손톱에 엉겨 있는 이 산의 상징화인 봉선화의 걸쭉한 액체에서는 밍밍한 맛이 나고 육욕을 자극하는 사향 냄새가 풍겨난다. 내 침이 닿으면서 붉은 염료가 더욱 진해지고 부드러워진다. 그러고는 흡사 분화구라도 된 것 같은 내 입속에서 부풀어오르고 소용돌이치면서 끓어 넘치는 용암이 된다.

용암은 자유로이 흐르면서 이곳저곳을 더듬는다. 그 흐름은 타박상을 입은 나의 상체를 따라 흘러내리다가 대륙의 평원을 만난 듯 지그재그로 움직이더니 젖가슴을 한바퀴 돌고 복부를 향해 미끄러지다 배꼽에서 멈춘다. 그러고는 그녀의 혀가 밀어내는 힘에 의해 몸속으로 스며들어서 나의 정맥과 구불구불한 내장 속으로 흘러들었다. 마침내 성년에 이른, 흥분해서 끓어 넘칠 것처럼 날뛰는 나의 생식력의 원천에 이르는 길을, 내가 스스로 정해놓은 엄격하면서도 위선적인 구속에 저항하는 길을 찾았다.

마지막 남폿불이 기름이 떨어져 깜박거리다 그대로 꺼졌다. 어둠 속에 엎드려 있던 나는 밤의 배신에 몸을 맡긴 채 팬티를 더럽혔다.

야광 문자반을 가진 자명종이 자정을 가리켰다.

"곤란한 일이 생겼어."

바느질 처녀가 내게 말했다.

내가 그애의 음탕한 구혼자들로부터 공격을 받은 다음날이었다. 우리는 냄비에서 익어가는 밥 냄새가 진동하는 그 집 부엌에서 푸르고 노란 연기에 싸여 있었다. 출장에서 돌아온 재봉사가 작업실에서 일하고 있는 동안에 그애는 야채를 썰었고, 나는 아궁이의 불을 지켜보았다. 일정한 리듬으로 재봉틀 돌아가는 소리가 들려왔다. 재봉사도 그 딸도 내게 일어났던 작은 사고를 눈치 채지 못했다. 놀랍게도 그들 부녀는 내 왼쪽 귀에 난 사고조차 알아보지 못했다. 내가 탐정 노릇을 그만두기 위한 핑계를 궁리하는

데 너무나 골몰해 있었기 때문에 바느질 처녀는 나를 그 생각에서 끌어내기 위해 여러 차례 같은 말을 반복해야 했다.

"걱정이 있다구."

"절름발이 패거리 때문에 그러는 거야?"

"아니."

"그럼 뭐 때문에?"

어쩌면 내가 친구와 연적 관계가 될지도 모른다는 기대를 품은 채 나는 반문했다.

"그것도 아냐. 난 내가 원망스러워. 하지만 너무 늦었어."

그애는 우울하게 말했다.

"대체 무슨 말을 하는 거야?"

"속이 자꾸 메스꺼워. 오늘 아침에도 토했어."

그 순간, 번민에 잠긴 그애의 눈에서 솟아난 눈물이 소리 없이 볼을 타고 흘러내리더니, 그애가 썰고 있던 야채와 붉게 물든 손톱 위로 떨어졌다.

"아버지가 이 사실을 알면 뤄를 죽일 거야."

그애는 눈물을 흘리면서 말했지만, 흐느끼는 소리는 내지 않았다.

바느질 처녀는 벌써 두 달 전부터 월경이 없었다. 그러나 그애는 그 일을 책임져야 할 당사자인 뤄에게는 그 사실을 말하지 않았다. 한 달 전 뤄가 떠날 때도 그녀는 아무런 내색을 하지 않았다.

그애의 고백 내용보다는 평소에는 좀처럼 볼 수 없던 그 눈물 때문에 내 마음이 흔들렸다. 그애가 괴로워하는 모습이 너무나 가슴 아파서 나는 그애를 껴안고 위로를 해주고 싶었지만, 그애의 아버지가 재봉틀 페달을 밟는 소리에 정신이 들었다.

게다가 그애의 고민은 위로할 성질의 것이 아니었다. 성에 관해서는 아무것도 아는 것이 없었지만 그래도 월경이 두 달 동안 멎었다는 것이 무슨 의미인지는 알았다.

이내 그애의 혼란에 전염되고 만 나는 마치 그 일이 내 자식에 관련된 일이고 또 아름드리 은행나무 아래나 작은 늪의 맑은 물속에서 그애와 사랑을 나눈 사람이 뤄가 아니라 나였던 것처럼 그애 몰래 눈물을 흘렸다. 감상에 젖은 나는 그애와 아주 가까운 사이라도 되는 느낌이 들었다. 그애의 보호자로 일생을 보냄으로써 그애의 불안감을 가라앉혀줄 수만 있다면 나는 평생을 독신으로 살다가 죽어도 좋았다. 그리고 성관계가 없는 결혼일 망정 법이 허락만 한다면 그애가 내 친구의 아이를 합법적으로 출산할 수 있게 그애와 결혼이라도 할 수 있을 것 같았다.

219

나는 손으로 짠 빨간 스웨터 안에 감춰져 있을 그
애의 배를 흘끗 쳐다보았지만, 소리를 죽여 우느라
잔뜩 숨을 죽인 고통스러운 경련만 보였을 뿐이다.
월경이 없어서 우는 여자의 울음을 멈추게 한다는
건 쉬운 일이 아니다. 나는 너무 두려운 나머지 다리
가 후들거렸다.

　그런데 정작 나는 그 자리에서 중요한 문제를, 즉
열여덟이라는 나이에 어머니가 될 생각이 있는지 물
어볼 생각을 하지 못했다. 그걸 잊은 이유는 간단했
다. 그애가 무사히 아기를 출산해서 키울 가능성이
눈곱만큼도 없었던 것이다. 어느 병원이라도, 산골
의 어느 산파라도 법을 어기며 결혼하지 않은 남녀
의 아기를 출산시켜주려 하지 않을 테니까. 스물다
섯 살 이전의 결혼은 법적으로 금지되어 있기 때문
에 뭐는 칠 년이 지나야 그애와 결혼할 수 있었다.
이러한 절망감은 법망을 빠져나갈 틈이 없다는 사실
때문에 더욱 심각했다. 임신한 줄리엣과 로미오가
달아나서, 프라이데이로 변신한 전직 탐정의 도움으
로 늙은 로빈슨 크루소처럼 살 수 있는 곳 말이다.
어느 고장이든 코 하나 빠지지 않은 거대한 그물처
럼 중국 전체를 뒤덮은 '프롤레타리아 독재'의 빈틈
없는 감시망 속에 놓여 있었다.

바느질 처녀가 진정되었을 때, 우리는 그애의 아버지 몰래 낙태수술을 받을 수 있는 온갖 가능성을 생각하면서 뤄와 그애를 정치적, 행정적인 처벌과 추문으로부터 구할 수 있는 가장 신중하고도 확실한 방법을 궁리했다. 결혼하기 전에는 아기를 낳을 수 없고, 낙태를 금하고 있는 법, 그 예리한 법률은 마치 전적으로 그들을 꼼짝 못하게 하기 위해서 정해진 것 같았다.

그 심각한 순간에도 나는 뤄의 선견지명에 탄복하지 않을 수 없었다. 다행히 그녀를 보호하라는 역할에 충실한 나는 친구의 비합법적인 아내를 설득해서 그녀를 독살하거나 밀고할 우려가 있는 약재상들에게는 절대 도움을 청하지 말라고 못을 박았다. 그리고 섣불리 행동하다 들통나면 절름발이와 강제 결혼이라도 해야 할지 모른다고 귀띔하면서, 그렇다고 낙태에 대한 희망을 품고 지붕에서 뛰어내린다는 것은 실로 어리석은 짓이라고 말해주었다.

다음날 아침, 전날 합의한 대로 나는 병원 산부인과에서 낙태수술을 받을 수 있을지 탐색하기 위한 정찰 임무를 띠고 용징으로 출발했다.

시청 식당에서 양파를 곁들인 쇠고기 요리를 내놓으면 도시 전체가 그 냄새를 맡을 정도로 용징이 아주 작은 도시라는 것은 앞에서도 이미 말한 적이 있다. 우리가 노천에서 영화를 관람했던 중학교 농구장 뒤쪽 언덕에 건물 두 동으로 이루어진 작은 병원이 있었다. 외래환자용 진료 건물은 언덕 기슭에 자리잡고 있었는데, 악을 쓰며 우는 아이들을 데리고 환자들이 줄서 있는 현관에 군복 차림으로 손을 흔드는 마오 주석의 큼직한 초상화가 걸려 있었다. 언덕 꼭대기에 우뚝 선 다른 한 동은 발코니도 없이 석회만 하얗게 바른 삼층 벽돌 건물이었는데, 입원 전용 병동이었다.

이틀을 걸어서 도착한 나는 이가 득실거리는 여관에서 하룻밤을 뜬눈으로 지새고 아침이 되자 신중한 밀정처럼 슬그머니 진찰실 건물로 들어갔다. 나는 산골 여자들 틈에 섞여 있기 좋도록 일부러 낡은 양가죽 점퍼 차림을 했다. 어릴 적부터 친숙한 병원에 발을 들여놓자 기분이 이상해졌고 땀이 났다. 어둑하고 눅눅한데다 역겨운 냄새까지 풍기는 일층 복도 끝, 벽을 따라 두 줄로 놓인 의자에는 여자들이 앉아서 차례를 기다리고 있었다. 대부분 배가 불룩했으며, 그중에는 통증으로 신음하는 이들도 있었다. 꽉 닫힌 진찰실 문에는 빨간 페인트로 '산부인과'라고 적힌 목판이 붙어 있었다. 얼마 후 문이 반쯤 열리더니 깡마른 여자가 진단서를 들고 나왔고, 이어 다음 차례인 여자가 그 방으로 들어갔다. 나는 문이 닫히기 전에 흰 가운을 입고 책상에 앉아 있는 의사의 모습을 겨우 확인할 수 있었다.

나는 함부로 들어갈 수 없는 그 인색한 문이 다시 열리기만을 기다려야 했다. 그 산부인과 의사가 어떤 사람인지 봐둘 필요가 있었다. 그런데 문득 고개를 돌려보니 의자에 앉아 있는 여자들이 나를 잔뜩 노려보고 있는 것이 아닌가! 맹세하건대 그들은 몹시 분개하고 있었다!

그 순간, 여자들이 내 나이 때문에 충격을 받았다는 사실을 깨달았다. 이곳에 오려면 여자로 변장하고 뱃속에 베개라도 넣어 임신부 행세를 했어야 마땅했다. 양가죽 점퍼를 입고 여자들만 있는 복도에 서 있는 열아홉 살의 젊은이는 그들의 눈에 거북살스런 침입자일 수밖에 없었다. 여자들은 나를 필시 성도착자나 여자의 비밀을 염탐하려는 변태성욕자 쯤으로 여겼을 것이다.

문이 다시 열릴 때까지 그 시간이 얼마나 길게 느껴졌는지 모른다! 문은 꿈쩍도 하지 않았다. 날이 무더워 내 셔츠는 땀에 흠뻑 젖었다. 나는 행여, 가죽 안쪽에 옮겨 적은 발자크의 소설이 지워질까봐 점퍼를 벗었다. 이윽고 여자들이 한데 숙덕거리며 수군 대기 시작했다. 어둑한 복도의 어슴푸레한 빛 속에서 숙덕거리는 여자들은 뚱보 단체의 음모자들처럼 보였다. 그들은 아예 나를 두들겨 패서 쫓아내기로 작정한 것 같았다.

"무슨 일로 여기 온 거야?"

한 여자는 내 어깨를 톡톡 치면서 앙칼진 목소리로 소리쳤다.

나는 여자를 쳐다봤다. 남자용 점퍼에 바지 차림을 한 여자는 짧은 머리에 녹색 군모를 쓰고 있었는데, 모자에는 그녀의 도덕적 고결함을 나타내는 마오의 초상이 새겨진 붉은 메달이 붙어 있었다. 임산부인 그녀의 얼굴은 온통 곪은 여드름과 여드름 자국으로 가득했다. 나는 그녀의 뱃속에서 자라고 있을 아기에게 동정심을 느꼈다.

나는 여자의 비위를 약간 건드리기 위해서 바보인 척하기로 결정했다. 여자가 질문을 되풀이할 때까지 그냥 뚫어지게 쳐다보고 있다가 슬로모션 영화에서처럼 나는 천천히 왼손을 귀에 갖다대며 귀머거리 흉내를 냈다.

"귀가 멍들고 부었잖아."

앉아 있는 여자들 중의 하나가 말했다.

"귀가 아픈 사람들은 여기가 아냐. 위층에 안과가 있다구."

모자 쓴 여자가 귀머거리에게 말하듯 입을 크게 벌리면서 말했다.

그러자 한바탕 소란이 벌어졌다! 여자들이 안과가 맞느니 이비인후과가 맞느니 하면서 자기들끼리 귀를 치료할 수 있는 곳에 대해서 입씨름을 벌이는 사이에 진찰실 문이 열렸다. 이번에는 담배를 문 사십대 남자, 피곤해 보이는 산부인과 의사의 희끗희끗하고 긴 머리와 각진 얼굴을 새겨둘 겨를이 있었다.

일단 의사의 얼굴을 알아둔 나는 긴 산책에 나섰다. 요컨대 그 도시에 하나밖에 없는 거리를 돌아다녔다는 말이다. 거리의 끝까지 간 다음 농구장을 가로질렀다가 병원으로 돌아오기를 몇 번이나 되풀이했는지 기억도 할 수 없을 정도였다. 그동안 나는 줄곧 그 의사 생각만 했다. 아버지보다는 젊어 보였다. 그 의사는 월요일과 목요일에는 산부인과를, 나머지 요일에는 외과, 비뇨기과, 내과를 차례차례 본다고 했다. 인민의 적이 되기 전까지 아버지는 우리 지방에서 꽤 명성이 있었으므로 그 의사도 내 아버지의 이름 정도는 알고 있을 가능성이 있었다. 나는 그 의사 대신 내 부모가 관할 병원의 산부인과 진찰실에서 사랑하는 아들과 바느질 처녀를 맞는 모습을 상상해보았다. 그건 분명 그들의 인생에서 문화대혁명보다 더 나쁜 엄청난 일일 터였다! 분노한 부모는 임신을 시킨 자가 누군지 알아보려고도 하지 않고 나를 그대로 내쫓고는 두 번 다시 보려고 하지 않을 것이다. 공산주의자들에게서 박해를 받는 '지식층 부르주아'들이 도덕적으로는 그들 못지않게 엄격하다는 사실은 이해하기 힘든 일이었지만 말이다.

그날 정오에 나는 식당에 들어가 점심을 먹었다. 내 주머니를 적지 않게 축낸 그 사치스러운 행동을 나는 이내 후회했지만, 그곳이 타지 사람들이 들어갈 수 있는 유일한 식당이어서 어쩔 도리가 없었다. 혹시 거기서 온갖 낙태 방법을 터득한 건달이라도 만날지 알 수 없는 일이잖은가?

나는 고추를 곁들인 닭고기튀김과 밥 한 공기를 주문했다. 그러곤 일부러, 이 빠진 노인보다 더 오래도록 먹었다. 그러나 접시에 담긴 고기가 점점 줄어드는 데 비례해서 내 희망도 날아갔다. 나보다 더 가난하든지 아니면 구두쇠인지는 몰라도 도시 건달들은 그 식당에 얼씬도 하지 않았던 것이다.

난 꼬박 이틀 동안 산부인과 근처를 얼쩡거렸지만 아무 보람이 없었다. 내가 그 문제에 대해 유일하게 의논했던 사람은 병원의 야간 경비였는데, 삼십 년 간 경찰로 일하다가 두 여자와 육체 관계를 가졌다는 이유로 일 년 전 면직된 사내였다. 나는 자정까지 그의 숙소에 머물면서 모험담을 주고받으며 장기를 두었다. 그는 우리 마을에 혹시 재교육받고 있는 예쁜 처녀가 있으면 소개해달라고는 했지만, '월경이 없어 불안에 떠는' 내 여자친구를 도와주지는 못했다.

"나한테 그런 얘기는 하지도 말라구. 병원 쪽에서 내가 그런 일에 개입한 걸 알면, 전과가 있는 나를 그 자리에서 감방에 처넣을 테니까 말이야."

그는 질겁하면서 말했다.

사흘째 날 정오, 도저히 산부인과의 문턱을 넘을 수 없겠다고 판단하고 집으로 돌아갈 채비를 하는데 문득 머릿속에 한 인물이 떠올랐다.

이름은 몰랐지만 영화를 관람하러 왔을 때 본, 바람에 날리는 긴 은발이 인상적인 인물이었다. 그는 모든 사람들이, 심지어 다섯 살배기 개구쟁이들까지 뒤에서 욕을 하고 때리고 침을 뱉어도 아랑곳하지 않았다. 언제나 파란 작업복을 입고 손잡이가 긴 빗자루로 거리를 청소하는 그에게서는 기품마저 풍겨나왔다. 그는 이십 년 전부터 종교에 관련된 일체의 일을 하지 못하도록 금지 당한 사람이었다.

그 사람을 생각하자 문득 누군가 들려주었던 일화가 떠올랐다. 어느 날 홍위병들이 그의 집을 수색하다가 베개 밑에서 아무도 모르는 낯선 언어로 쓰여진 책 한 권을 발견했다. 그 장면은 『사촌형 퐁스』를 에워싸던 절름발이 패거리를 연상하면 충분할 터였다. 그 책을 베이징대학으로 보내고 나서야 그것이 라틴어로 쓰여진 성경책이라는 것이 밝혀졌다. 그 이후로 목사는 궂은 날이나 좋은 날이나 아침부터 저녁까지 매일 여덟 시간씩 거리를 청소해야 했다. 그렇게 해서 목사는 그 도시의 움직이는 장식물이 되었다.

그런 목사에게 낙태 문제를 의논하겠다는 엉뚱한 생각을 하다니, 바느질 처녀 때문에 내 머리가 잘못된 건 아닐까? 그 순간 이번 사흘 동안 기계적인 동작으로 거리를 청소하는 은발 노인의 모습을 한 번도 보지 못했다는 사실을 깨달았다.

나는 담배 장수에게 목사의 부역이 끝난 거냐고 물었다.

"아니, 가엾게도 사경을 헤매고 있다더군."

"어디가 아픈데요?"

"암에 걸렸다는 것 같아. 그래서 대도시에 있던 두 아들이 돌아와 병원에 입원시켰지."

그 말을 듣는 순간 나는 정신없이 달리기 시작했다. 나는 숨이 차도록 도시를 가로질러 뛰어갔다. 입원 병동이 있는 언덕 꼭대기에 이른 나는 죽어가는 목사에게서 조언을 얻어보기로 굳게 마음먹었다.

병동 안으로 들어서자, 청소가 잘 되지 않은 공동 화장실의 악취, 연기와 기름 냄새와 혼합된 약품 냄새가 코를 쏘면서 숨이 막혔다. 병실이 부엌으로도 사용되고 있어서 흡사 전시중의 대피소를 보는 것 같았다. 환자용 변기들도 여기저기 보이고, 수혈을 위한 병들이 삼발이에 걸린 침대 옆 바닥에는 냄비, 도마, 프라이팬, 야채, 계란을 비롯해서 간장, 식초, 소금 병들이 어지럽게 널려 있었다. 마침 점심시간이라서 김이 나는 냄비에 얼굴을 들이대고 젓가락으로 국수를 건져 먹느라고 정신이 없는 이들도 있고, 프라이팬의 끓는 기름에 지글지글 오믈렛을 하는 이들도 있었다.

나는 그 광경에 어리둥절했다. 관할 병원에 구내식당이 없다는 것은 생각지도 못했던 일이다. 일반 환자는 물론 팔다리를 잃거나 중환자까지도 자기가 알아서 식사를 해결해야 했다. 붉고 퍼렇고 시커먼 반창고를 알록달록하게 붙인 어릿광대 요리사들의 반쯤 풀린 붕대가 물이 끓는 냄비에서 솟아오르는 수증기 속으로 하늘거리는 모습은, 정말이지 어이없는 광경이었다.

나는 6인용 병실에서 빈사상태의 목사를 발견했다. 사십 대 가량으로 보이는 두 아들과 며느리에게 둘러싸인 채 목사는 링거를 맞고 있었고, 한옆에서 노파가 눈물을 흘리며 환자의 식사를 준비하고 있었다. 나는 슬그머니 다가가 노파 옆에 쭈그리고 앉았다.

"부인이세요?"

내가 물었다.

노파는 고개를 끄덕였다. 노파의 손이 어찌나 심하게 떨리는지 내가 대신 달걀을 깨뜨려주어야 했다.

목까지 단추를 채운 푸른 마오 상의 차림을 한 두 아들은 관리가 아니라 차라리 장의사에서 나온 사람들처럼 보였는데, 그들은 마치 신문기자 같은 심각한 얼굴로 노란 칠이 다 벗겨진 낡은 녹음기 한 대를 조작하고 있었다. 녹음기에서는 찌직거리는 소리가 났다.

다음 순간 녹음기에서 귀청을 찢는 듯한 날카로운 소리가 요란하게 울리는 바람에 침대에서 식사를 하던 그 방의 다른 환자들이 하마터면 밥 공기를 떨어뜨릴 뻔했다.

동생이 요란한 소리를 줄였고, 그 사이에 형은 목

사의 입에다 마이크를 갖다댔다.

"아버지, 무슨 말이든 좋으니 한마디 해보세요."

장남이 간청했다.

흘러내린 은발 때문에 목사의 얼굴은 알아보기 힘들 정도였다. 그는 피골이 상접했으며 얇은 살가죽은 윤기를 잃은 노란 종잇장 같았다. 전에는 건장했던 몸이 형편없이 쪼그라든 것이다. 목사는 이불 속에서 몸을 웅크린 채 통증을 애써 물리치면서 마침내 무거운 눈꺼풀을 들었다. 병상을 지키고 있던 식구들은 아직 살아 있다는 그 징표를 보고 한편으로는 기쁘고 한편으로는 놀랐다. 다시 한 번 그의 입가까이 마이크가 다가갔다. 녹음 테이프가 발에 밟혀 깨지는 유리조각 같은 소리를 내며 돌아가기 시작했다.

"아버지, 힘 내세요. 손자들을 위해서 마지막으로 아버지의 음성을 녹음하려는 겁니다."

아들이 말했다.

"마오 주석의 말씀을 소리내어 외시면 더욱 좋고요. 단 한 문장이라도, 아니 구호라도 한 번 해보세요! 그래야 할아버지가 이제는 실성한 반동분자가 아니라는 걸 아이들이 알 수 있을 테니까요!"

음향조절 기사 노릇을 하고 있는 아들이 외쳤다.

목사의 입술이 떨렸지만 무슨 소리를 하는 건지 알아들을 순 없었다. 노인은 일 분 가량 무슨 말인가를 웅얼거렸다. 늙은 부인조차 무슨 소린지 몰라서 어쩔 줄 몰라했다.

노인은 다시 혼수상태에 빠졌다.

아들이 녹음 테이프를 되돌리자 온 가족이 그 이해할 수 없는 메시지에 귀를 기울였다.

"이건 라틴어야. 라틴어로 마지막 기도를 하신 거라구."

장남이 말했다.

"너희 아버지다운 일이지."

땀에 젖은 목사의 이마를 손수건으로 닦아주면서 노부인이 말했다.

나는 아무 말도 하지 않고 일어나서 문으로 향했다. 그때 우연히, 흰 가운 차림을 한 산부인과 의사가 병실 문 앞을 무슨 그림자처럼 지나가는 모습이 얼핏 눈에 띄었다. 마치 슬로모션 영화의 한 장면에서처럼 의사는 마지막으로 담배를 한 모금 빨고 연기를 뿜어낸 다음, 꽁초를 바닥에 버리고 사라진 것이다.

황급히 병실을 나오던 나는 간장병을 걷어차고 바닥에 뒹굴던 빈 프라이팬에 발이 걸려 비틀거렸다.

그 바람에 한참 후에야 복도로 나올 수 있었고, 의사의 모습은 이미 사라지고 없었다.

나는 병실마다 열어보고 마주치는 사람마다 의사가 있는 곳을 물어보았다. 마침내 한 환자가 복도 끝에 있는 문을 손으로 가리켜 보였다.

"저 방으로 들어가는 걸 봤네. 혁명깃발 공장에서 일하던 직공의 손가락 다섯 개가 모조리 기계에 잘려나갔다더군."

그 방 앞으로 가보니 문이 꽉 닫혔는데도 남자의 고통스런 비명이 들렸다. 문을 살짝 밀어보자 스르르 열렸다.

의사는 침대에 앉아 목이 뻣뻣해질 정도로 고개를 젖힌 부상자에게 붕대를 감아주고 있었다. 그는 삼십대의 건장한 사내로 웃통을 벗고 있었는데 구릿빛을 띤 몸은 완전히 근육질이었다. 나는 방 안으로 들어가 문을 닫았다. 흰 붕대가 피로 물들었고, 마치 고장난 시계처럼 똑똑거리면서 피가 침대 옆 바닥에 놓인 법랑 대야로 떨어지고 있었다.

산부인과 진찰실에서 보았을 때처럼 의사는 수면 부족으로 잔뜩 지친 얼굴을 하고 있었지만 그때만큼 냉담하거나 거리감 있게 느껴지지는 않았다. 그는 내가 들어왔는데도 전혀 개의치 않고 둘둘 만 붕대를 풀어서 부상자의 손에 감았다. 응급처치에 전념하는 의사에게 양가죽 점퍼를 입은 젊은이는 별다른 인상을 주지 못했던 것이다.

나는 주머니에서 담배를 꺼내 불을 붙였다. 그러고는 침대로 다가가 대담하게, 내 여자친구를 구해줄지도 모를 의사의 입술에 담배를 물려주었다. 의사는 아무 말 없이 나를 힐끗 쳐다보고는 계속해서 붕대를 감으며 담배를 피웠다. 나는 다시 담배를 꺼내 불을 붙인 후 이번에는 부상자에게 내밀었다. 사내가 오른손으로 담배를 받았다.

"날 좀 도와주게나."

의사가 붕대의 한쪽 끝을 내밀며 말했다.

"여길 꽉 잡으라고."

우리는 침대 양쪽에서 노끈으로 짐을 묶듯이 붕대를 힘껏 잡아당겼다.

출혈이 멈추자 부상자의 신음소리도 멈췄다. 그는 담배를 떨구더니 그대로 잠들어버렸다. 의사는 이제야 마취효과가 나타난 것이라고 했다.

"그런데 자넨 누구지?"

의사가 이번에는 환자의 손 주위에 붕대를 감으면서 말했다.

"지방 병원에서 일하시던 의사의 아들이에요. 지

금은 일을 하시지 않지만⋯⋯."

"그분 성함이 어떻게 되시나?"

그 순간 나는 뤄의 아버지 이름을 말하려 했는데 무심코 내 아버지의 이름이 튀어나왔다. 잠시 거북한 침묵이 흘렀다. 나는 이 의사가 아버지를 알고 있는 것은 물론 아버지가 처한 정치적 곤경에 대해서도 알고 있다는 느낌을 받았다.

"그런데 여긴 무슨 일 때문에 왔나?"

"제 여동생한테⋯⋯ 문제가 생겼어요. 석 달 전부터 월경이 나오지 않아요."

"말도 안 돼!"

의사가 차가운 어조로 말했다.

"왜 그렇죠?"

"네 아버지에겐 딸이 없단 말이야. 어서 나가, 이 거짓말쟁이!"

의사는 그 마지막 말을 큰 소리로 고함을 지르면서 한 것도 아니고 손으로 문을 가리키지도 않았다. 하지만 나는 그가 굉장히 화가 났다는 걸 알 수 있었다. 어쩌면 피우던 담배를 내 얼굴에 던질지도 몰랐다.

나는 부끄러운 나머지 얼굴을 붉히면서 몇 걸음 걸어나오다 고개를 돌리며 이렇게 말했다.

"한 가지 제안을 하겠어요. 제 여자친구를 도와주

시면 그애는 평생토록 선생님께 고마워할 거예요. 대신 제가 선생님께 발자크의 책 한 권을 드리죠."

아주 외딴 고장의 관할 병원에서 손가락이 몽땅 잘려나간 환자의 손에 붕대를 감고 있다가 난데없이 발자크라는 이름을 들었으니, 그 의사에겐 적지 않은 충격이었을 것이다! 의사는 잠시 머뭇대다가 마침내 입을 열었다.

"넌 좀전에 거짓말을 했어. 그러니 발자크 책이 있다는 네 말을 어떻게 믿지?"

나는 아무 말 없이 양가죽 점퍼를 벗어 뒤집은 다음, 털이 없는 부분에 내가 옮겨 적은 문장들을 보여주었다. 잉크로 쓴 글자들은 전보다는 좀 흐려졌지만 아직 읽을 수 있을 정도였다.

의사는 글을 읽으면서, 아니 그보다는 감정을 하듯 들여다보면서 담배를 꺼내 내게도 한 개비를 주었다. 그러곤 담배를 피우며 거기에 적힌 글을 모두 읽었다.

"푸 레이 번역이군. 그분의 문체를 잘 알지. 그 역시 네 부친처럼 인민의 적이 됐지만."

그가 중얼거렸다.

의사의 말에 눈물이 주르르 흘러내렸다. 눈물을 억제하고 싶었지만 그럴 수가 없었다. 나는 어린애

처럼 울음을 터뜨렸다. 그 눈물은 바느질 처녀 때문
도, 내 임무가 완성된 것이 기뻐서 나온 눈물도 아니
었다. 그건 내가 알지도 못하는 발자크 번역가를 향
한 눈물이었다. 어쩌면 그 눈물은 한 지식인이 이 세
상에서 받을 수 있는 가장 큰 경의, 가장 큰 감사의
표시가 아니었을까?

그 순간에 느낀 감정에는 나 자신도 깜짝 놀랐다.
그 감정이 그 뒤에 일어난 일련의 사건들보다 훨씬
더 강렬했다. 그로부터 일주일 후, 문학 애호가이면
서 여러 과목의 진료를 담당한 의사가 정한 목요일
에, 이마에 흰 띠를 둘러 서른 살처럼 변장한 바느질
처녀가 수술실 문턱을 넘는 동안, 그애한테 임신을
시킨 당사자가 아직 돌아오지 않았기 때문에 나는
혼자 복도에서 세 시간이나 기다렸다. 문 뒤에서 무
슨 소리가 날 때마다 잔뜩 겁먹은 얼굴을 하면서 어
렴풋하게 들리는 숨가쁜 소리, 수돗물 소리, 낯선 여
자의 고통스런 비명, 간호사들의 웅얼대는 듯한 목
소리들, 다급한 발소리……

수술은 무사히 끝났다. 마침내 수술실에 들어가도
좋다는 허락이 떨어져 안으로 들어간 나는 탄소 냄
새가 진동하는 방에서 나를 기다리고 있는 산부인과
의사와, 그 안쪽 침대에서 간호사의 도움을 받아 옷

237

을 입는 바느질 처녀를 보았다.

"궁금할까 봐 말해주는데, 저앤 이제 처녀가 됐지."

의사가 속삭였다.

그러고 나서 그는 소리나게 성냥을 켜 담배에 불을 붙였다.

나는 의사에게 이미 말했던 『위르쉴 미루에』 말고도 그 당시 내가 제일 좋아하던 책, 푸 레이가 번역한 『장크리스토프』도 선물했다.

방금 수술을 받고 난 뒤여서 걷기가 힘들었을 텐데도, 병원을 나서는 순간 바느질 처녀가 느낀 안도감은 종신형을 걱정했던 피고가 무죄선고를 받고 법정을 나설 때와 비슷했을 것이다.

바느질 처녀는 여관에서 쉬는 대신 이틀 전에 묻힌 목사의 무덤을 찾아가겠다고 고집을 피웠다. 그녀의 말에 의하면, 나를 병원으로 인도해서 보이지 않는 손으로 산부인과 의사와 나를 만나게 해준 사람은 목사라는 것이다. 우리는 남은 돈으로 밀감 일 킬로그램을 사서 목사의 초라하기 그지없는 시멘트 묘비 앞에 제물로 바쳤다. 목사가 임종하는 순간 하느님에게 기도하려고, 또는 거리 청소부로 살았던 평생을 원망하려고 사용했을 그 라틴어로 추도사를 드리지 못하는 것이 한이었다. 그렇다고 해서 그의 무덤 앞에서, 언제고 라틴어를 배워서 다시 찾아올 때는 그 언어로 말하겠다는 맹세가 선뜻 나오지는 않았다. 우리는 한참 입씨름을 한 뒤 라틴어를 배우지 않기로 결정했다. 라틴어 입문서를 대체 어디서 구해야 할지 알 수 없는데다('안경잡이'의 부모에게 다시 한 번 피해를 끼칠 수야 없지 않은가?) 무엇보다 주변에서 라틴어를 아는 중국인 선생을 찾는 일이 불가능했기 때문이다.

묘비에는 목사의 이름과 생몰 일자만 적혀 있을 뿐, 그의 약력이나 종교에 대해서는 아무것도 기록돼 있지 않았다. 마치 그가 약사나 의사였던 것처럼 천박한 붉은색 십자가 하나만 달랑 그려져 있었다.

우리는 먼 훗날 우리가 부자가 되고 종교가 허락되면 이곳에 돌아와 목사의 무덤 앞에 입체 기념비를 세우고 거기에다 두 팔이 십자가에 못박히진 않았지만 예수처럼 면류관을 쓴 은발의 남자 모습을 새겨주겠노라고 맹세했다. 그 인물은 손에 대빗자루를 잡고 있게 될 것이다.

그녀는 이어서 하늘이 내린 은총에 감사하는 뜻으로 출입이 금지된 불교사원에 올라가 울타리 너머로 지폐 몇 장을 던져주고 싶어했다. 그러나 우리에겐 돈이 한 푼도 없었다.

이제 이 이야기의 마지막 장면을 묘사해야 할 순간이 왔다. 겨울밤에 성냥개비 여섯 개를 긋는 소리를 들어야 할 때가……

바느질 처녀가 낙태수술을 한 지 석 달 후였다. 어둠 속에서 살랑거리는 바람소리와 우리에서 돼지들이 내는 소리가 들려왔다. 뤄는 이미 석 달 전 이곳 산골로 돌아왔다.

바람에는 얼음 냄새가 실려 있었다. 성냥개비를 마찰하는 둔탁하면서도 차가운 소리가 울렸다. 오두막의 시커먼 그림자가 저만치서 노란 빛에 흔들리며 밤의 외투 속에서 몸을 떨었다.

성냥불은 제가 내뿜는 연기에 질식되어 꺼질 듯하

다가 다시 숨을 돌리고 흔들거리면서 오두막 앞에 떨어진 『고리오 영감』에 다가갔다. 불길이 널름거리며 핥자 종잇장들이 오그라들면서 서로 달라붙더니 낱말들이 밖으로 몰려나온다. 가엾은 프랑스 처녀는 화재 때문에 최면에서 깨어나 달아나려고 하지만 이미 때가 늦었다. 사랑하는 사촌을 다시 만난 그녀는 돈의 숭배자들, 구혼자들, 백만 프랑의 유산과 함께 이미 불길에 휩싸이고 모든 것은 연기로 변한다.

이어서 세 개의 성냥불이 동시에 『사촌형 퐁스』, 『샤베르 대령』, 『외제니 그랑데』의 분서대焚書臺에 붙었다. 다섯 번째 성냥불은 『파리의 노트르담』 대로에서 에스메랄다를 업고 도망치는 곱추 콰지모도를 붙잡았다. 여섯 번째 성냥불은 『보바리 부인』에 덤벼들었다. 하지만 미처 날뛰던 불길이 잠시 제정신이 든 듯 갑자기 주춤하더니, 루앙의 호텔방 침대에서 화가 난 엠마가 몸을 바짝 붙이고 있는 젊은이에게 "당신이 나한테서 달아나려고……." 하고 중얼거리는 페이지에서 더 이상 달려들 생각을 하지 않았다. 사나우면서도 선별력 있는 그 성냥불은 소설의 마지막, 엠마가 숨이 끊어지기 직전, 장님이 부르는 노래가 들린다고 생각한 장면을 골라서 공격했다.

맑게 갠 상큼한 날이면
아가씨는 사랑을 꿈꾼다네.

바이올린이 슬픈 곡을 연주하는 순간에 돌풍이 불
길로 책들을 기습했고, 방금 탄 엠마의 재가 날아오
르다 작품 속 등장인물들의 재와 한데 뒤섞여서 흔
들리고 있는 공기 속으로 높이 날아갔다.

재가 뿌옇게 앉은 활의 말총이 불빛에 반사되어 반
짝이는 금속의 현 위로 미끄러졌다. 그 바이올린 소
리는 내가 내는 소리였다. 난 바이올린 연주자였다.

불을 붙이는 이는 저명한 치과의사의 아들 뤄, 위
험한 낭떠러지 옆 통로를 엉금엉금 기어서 건너간
낭만적인 연인이며 발자크의 숭배자. 그는 지금 웅
크리고 앉아 불길에 시선을 고정시킨 채 한때 우리
에게 소중했던 등장인물과 표현들이 춤추다 재로 변
하는 불길에 매혹되어 있었다. 그는 울었다 웃었다
했다.

책을 태우는 광경을 목격한 사람은 아무도 없었
다. 이미 바이올린 연주에 익숙한 마을 사람들은 따
뜻한 잠자리에서 떠날 생각이 없었다. 우리의 오랜
친구 방앗간 노인을 그 자리에 초대하여 그가 삼현
악기 반주에 맞춰 쭈글쭈글한 배의 주름살을 물결치

게 하며 부르는 옛 민요를 듣고 싶었지만, 노인은 앓아 누워 있었다. 이틀 전 우리가 가보았을 때 노인은 지독한 감기에 걸려 있었던 것이다.

분서는 계속되었다. 예전에는 바다 한복판 섬의 감옥에서도 탈출했던 몽테크리스토 백작도 뤄의 광기 앞에서는 체념할 수밖에 없었다. '안경잡이'의 가방 속에 살았던 다른 남녀들 역시 탈출하지 못했다.

설혹 그 순간 촌장이 우리 앞에 나타났더라도 우리는 그를 두려워하지 않았으리라. 그 상태라면 우리는 촌장이 소설 속의 등장인물이라도 된 것처럼 산 채로 화형시켰을 것이다.

아무튼 그 자리에는 우리 둘 이외에 다른 사람은 없었다. 바느질 처녀는 산골 마을을 떠났으며 두 번 다시 우리를 만나러 돌아오지 않을 것이다.

그녀가 고향을 떠났다는 소식은 전혀 예상치 못했던 일이었다.

그 소식에 충격을 받은 우리는 희미한 기억을 한참 더듬고 나서야 그애가 엄청난 일을 준비하고 있다는 것을 암시하는 몇 가지 전조를 생각해낼 수 있었다.

두 달쯤 전, 뤄는 그애가 『보바리 부인』에 나오는 디자인을 흉내낸 브래지어를 만들었다는 얘기를 들었다. 그때 나는 뤄에게 그것은 '하늘긴꼬리닭' 최초의 여성 속옷일 것이며, 마땅히 지방 연보에 기록될 만한 일이라고 말했다.

"도시 처녀를 닮으려는 거야. 이젠 우리가 쓰는 억양까지 흉내낸다니까."

뤄가 말했다.

브래지어야 젊은 여자애의 순진한 멋쯤으로 간주할 수 있다 하더라도, 그 산골에서는 아무래도 어울리지 않는 혁신적인 의상과 운동화까지 무심히 넘어가다니……. 그애는 내가 방앗간 노인을 만나러 갈 때 입은 적이 있는, 소매에 금단추 세 개가 달린 파란 마오 상의를 도로 가져가 수선했다. 그애는 그 옷을 줄여서 여자용으로 만들면서 남성복 스타일의 호주머니 네 개와 작은 옷깃은 그대로 놔두었다. 그 결과 보기 좋은 작품이 되긴 했지만 당시에는 대도시에 사는 여자나 입을 수 있는 그런 옷이었다. 또 다른 전조는, 그애가 아버지에게 부탁해서 용징 시장에서 구한 하얀 테니스 운동화였다. 어디를 가나 진창뿐인 그 산골에서는 흰색은 사흘을 견디지 못하는 색이었다.

서양 명절인 그해 1월 1일의 일이 지금도 선명하게 떠오른다. 그날은 진짜 명절은 아니지만 국경일

244

이었다. 평소대로 뤄와 나는 바느질 처녀의 집을 방문했다. 나는 그애를 알아보지 못할 뻔했다. 그 집으로 들어서던 나는 왠 도시의 고등학생이 있는가 했다. 평소에는 길게 땋아 빨간 리본으로 묶던 머리를 귀밑까지 잘라 단발머리로 만들었는데, 그 때문에 그애는 신여성 같은 색다른 아름다움을 풍겼다. 그 무렵 그애가 수선하던 상의도 거의 완성된 상태였다. 뤄는 뜻밖의 변형을 즐겁게 받아들였다. 그가 몹시 기뻐하자 그애는 멋지게 바뀐 작품을 입어 보이기까지 했다. 간소한 남성복 스타일의 재킷에 새로운 머리 모양, 평범한 운동화가 아닌 새하얀 테니스화 덕분에 그애는 묘한 성적 매력을 풍겼다. 그 우아한 맵시는 어설픈 산골 처녀의 죽음을 예고하는 것이었다. 그렇게 변신한 그녀를 보고 뤄는 마치 자신이 완성한 작품을 감상하는 예술가처럼 흡족해했다. 뤄는 내 귀에 이렇게 속삭였다.

"넉 달 동안 책을 읽어준 보람이 있잖아."

그 변신의 결과, 발자크식 재교육의 결과는 뤄가 무의식적으로 내뱉은 그 말에도 담겨 있었건만, 우리는 그 낌새를 알아채지 못했다. 자기 만족 때문에 잠이라도 들었던 것일까? 사랑의 미덕을 과대평가했던 것일까? 아니면, 그애한테 읽어주기는 했지만 정작 우리는 그 소설들의 핵심을 파악하지 못했던 것일까?

2월 어느 날 아침, 한밤중에 미친 듯이 책을 불태우기 바로 전날, 뤄와 나는 각기 물소를 끌고 논으로 바뀐 옥수수밭을 갈아엎고 있었다. 열 시쯤 마을 사람들의 고함을 듣고 우리는 일을 중단하고 재봉사가 기다리고 있는 우리 집으로 돌아갔다.

재봉사가 재봉틀도 없이 찾아왔다는 것부터가 불길했지만, 막상 그와 마주하여 주름이 더 잡히고 볼이 움푹 패인 얼굴에 더욱 불거진 광대뼈와 헝클어진 머리카락을 보니 더럭 겁이 났다.

"딸애가 오늘 새벽에 떠났네."

재봉사가 말했다.

"떠나다니요?"

뤄가 영문을 몰라 반문했다.

"무슨 말씀인지 모르겠는데요."

"그건 나도 마찬가지야. 하지만 그애가 떠난 건 분명해."

재봉사의 말에 의하면, 그의 딸은 면의 공안위원회에서 장기 여행에 필요한 각종 서류와 증명서를 비밀리에 신청했다는 것이다. 그러곤 떠나기 전날에야 비로소 자신이 새 삶을 살기 위해 대도시로 떠나기로 했다는 계획을 아버지에게 털어놓았다는 것이다.

"그래서 내가 자네들도 그 일을 아느냐고 물어봤지. 그랬더니 자네들은 모른다면서 거처가 정해지면 편지를 쓸 생각이라고 하더군."

재봉사가 말했다.

"떠나지 못하게 말렸다면 좋았을 텐데요."

뤄는 들릴락말락한 소리로 힘없이 말했다.

재봉사 역시 실의에 잠겨 있었다.

"집을 나가면 두 번 다시 이곳에 발을 들여놓지 못할 줄 알라고 소리쳤지만 소용없었어."

맥이 풀린 노인이 말했다.

다음 순간 뤄는 바느질 처녀를 따라잡기 위해 가파른 산길을 미친 듯이 달려올라갔다. 처음에는 나도 바위산의 지름길을 이용해서 그 뒤를 바짝 쫓아갔다. 마치 바느질 처녀가 위험한 통로 옆 낭떠러지로 굴러떨어지던 꿈속의 장면을 재현하는 것 같았다. 뤄와 나는 낭떠러지 밑으로 굴러떨어지면 그대로 으스러질 거라는 두려움도 잊은 채, 오솔길 비슷한 것도 보이지 않는 구렁이의 암벽을 따라 거침없이 미끄럼을 타고 내려갔다. 나는 지금 예전에 꾸었던 꿈속을 달리는 건지 아니면 생시인지, 그것도 아니면 꿈을 꾸면서 달리는 건지 분간할 수가 없을 정도였다. 한결같이 잿빛을 띤 바위들은 축축하고 미끌거리는 이끼로 잔뜩 덮여 있었다.

뤼와의 거리가 조금씩 벌어지기 시작했다. 바위 위를 날 듯이 건너뛰고 바위와 바위 사이를 뛰어넘다보니 예전의 꿈이 한층 선명하게 떠올랐다. 눈에는 보이지 않지만 하늘을 선회하는 빨간부리까마귀의 불길한 울음소리가 머릿속에서 울렸다. 우리는 지금, 머리가 깨져 예쁜 이마에 금이 가고 창백한 얼굴을 복부에 처박은 채 바위 밑에 널브러져 있을 그 애의 시체를 찾으러 가는 길이라는 생각이 머리 한구석을 떠나지 않았다. 정신이 흐려지면서 발의 움직임이 점점 둔해졌다. 내가 그토록 위험한 뜀박질을 하는 이유가 뭔지 도무지 알 수가 없었다. 뤼에 대한 우정? 아니면 그의 여자친구에 대한 사랑 때문일까? 그것도 아니면 어떤 사건의 결말 부분을 놓치지 않으려는 구경꾼의 심정일까? 이유는 알 수 없지만 예전의 꿈에 대한 기억이 머릿속을 떠나지 않았다. 그 순간 신발 한 짝이 찢어졌다.

이렇게 서너 시간을 전속력으로 달리고 미끄러지고 넘어지고 곤두박질을 한 끝에, 바느질 처녀가 둥그스름한 무덤들 사이로 삐져나온 바위에 앉아 있는 모습을 보고서야 비로소 마음이 놓이면서 악몽의 유령이 사라지는 것을 느낄 수 있었다.

녹초가 된 나는 걸음을 늦추고 산길 가장자리에 털썩 주저앉았다. 뱃속에서 꾸르륵거리는 소리가 나면서 현기증이 일었다.

어쩐지 장소가 낯익었다. 거긴 바로 몇 개월 전 '안경잡이'의 어머니와 우연히 마주쳤던 곳이었다.

바느질 처녀가 그곳에 있어서 다행이었다. 그녀는 고향을 떠나면서 모계 조상에게 하직 인사라도 할 생각이었는지 모른다. 아무튼 그 덕분에 나는 가슴이 터져 실성하기 전에 뜀박질을 끝낼 수 있게 되었다.

그녀가 있는 바위에서 십 미터쯤 떨어진 곳에 있던 나는, 그녀가 다가오는 뤄를 돌아보면서 시작된 재회 장면을 한눈에 볼 수 있었다. 나만큼이나 기진한 뤄도 땅바닥에 털썩 주저앉았다.

나는 도저히 내 눈을 믿을 수 없었다. 그 장면은 지금도 움직이지 않는 영상처럼 나의 뇌리 깊숙이 박혀 있다. 남자용 재킷에 단발머리, 흰 운동화를 신은 처녀는 바위에 꼼짝도 않은 채 앉아 있고, 청년은 땅바닥에 벌렁 누워 구름을 올려다보고 있었다. 두 사람이 이야기를 한다는 느낌은 들지 않았다. 어쨌든 아무 소리도 들리지 않았다. 고함과 비난, 변명, 눈물, 욕설로 이어지는 격렬한 소동이 한바탕 벌어질 거라고 예상했으나 아무 소리도 나지 않았다. 그저 침묵뿐이었다. 뤄의 입에서 나오는 담배연기가 아니었다면 나는 두 사람 모두 석상으로 변했다고 생각했을 것이다.

어쨌든 그런 상황에서는 분통이나 침묵은 결국 똑같은 것이다. 그 두 가지 형태의 비난이 주는 효과를 서로 비교하기는 어려울지 몰라도. 뤄가 처음부터 전략을 잘못 세운 것인지, 아니면 쓸데없는 말을 아예 하지 않기로 한 것인지 알 수 없었다.

나는 나뭇가지와 낙엽을 한데 모아 튀어나온 바위 뿌리에 불을 피우고는 지고 다니는 작은 자루에서 고구마 몇 개를 꺼내 재 속에 묻었다.

그때 나는 처음으로 바느질 처녀를 원망했다. 나는 구경꾼의 역할에 만족하면서도 뤄 못지않게 배신감을 느꼈던 것이다. 그건 그녀가 우리 곁을 떠나서가 아니라 마치 낙태수술을 하기까지 그동안 단짝으로 지냈던 우리 관계를 기억에서 아예 지워버리기라도 한 것처럼, 그리고 그녀에게 있어서 나라는 존재는 남자친구의 친구에 불과하기라도 한 것처럼 내가 완전히 무시되고 있다는 사실 때문이었다.

나는 연기가 피어오르는 잿더미 속에서 나뭇가지로 찍어낸 군고구마를 탁탁 두드리고 입으로 흙과

재를 불어냈다. 그때 아래쪽에서 갑자기 두 석상의
입에서 튀어나온 말들이 들려왔다. 그들은 나지막하
면서도 신경질적인 어조로 이야기하고 있었다. 희미
하게 발자크라는 이름이 들려오자, 나는 이 일과 발
자크가 무슨 상관이 있다는 건지 의아한 기분이 들
었다.

아무튼 침묵이 깨진 걸 기뻐하고 있는데 고정돼
있던 영상이 움직이기 시작했다. 뤄는 땅바닥에서
벌떡 일어나고 바느질 처녀는 바위에서 펄쩍 뛰어내
렸다. 그러나 그녀는 절망한 연인의 품에 안기기는
커녕 보따리를 집어들고는 단호한 걸음으로 그 자리
를 떠났다.

"이것 봐, 이리 와서 고구마를 좀 먹어! 널 위해서
구웠다구."

나는 군고구마를 휘두르면서 외쳤다.

나의 첫 번째 외침은 그녀를 뛰게 만들고, 두 번째
외침은 그녀를 더욱 멀리 떠밀었고, 세 번째 외침은
그녀를 쉬지 않고 날아가는 새로 만들었다. 그녀의
모습이 점점 작아지더니 이윽고 완전히 시야에서 사
라졌다.

뤄가 내 곁으로 다가왔다. 창백한 얼굴로 불가에
앉은 그는 하소연도 불평도 하지 않았다. 그로부터

몇 시간 뒤 뤄는 책을 불사르는 광기에 사로잡혔다.

"가버렸구나."

내가 말했다.

"응, 대도시로 가겠대. 그애가 발자크 얘기를 했
어."

뤄가 대꾸했다.

"뭐라고 했는데?"

"발자크 때문에 한 가지 사실을 깨달았다는 거야.
여자의 아름다움은 비할 데 없을 만큼 값진 보물이
라는걸."

옮기고 나서

마오쩌둥이 주도하는 문화대혁명 때에 재교육을 받기 위해 두메산골로 보내진 두 젊은이의 괴로운 체험을 담고 있는, 작가의 자전적 소설 『발자크와 옷만드는 중국 소녀』는 비극적인 역사적 사실에도 불구하고 유머와 익살이 넘치는 기발한 문체로 서양문학에 대한 열정, 아주 특별한 감정 교육을 상기하고 있다.

의사 부부의 아들, 즉 부르주아 집안 출신이라는 이유로 도회지의 두 젊은이는 산간 벽촌에서 농사를 짓거나 탄광에서 고된 노동을 하면서도 매달 인근 도시에 가서 보고 온 홍보영화를 산골 주민에게 그대로 이야기로 들려주는 특별한 경험을 한다. 기적인가! 발자크, 위고, 스탕달, 뒤마, 롤랑, 루소……

자유를 부르짖는 작가들이라고 하여 당시에 금서로 규정된 중국어 번역서적들이 가득 들어 있는 가방을 발견한 그들은 우여곡절 끝에 그 책들을 손에 넣는 데 성공한다.

서양문학, 특히 발자크의 소설을 위험한 것으로 경계했던 마오의 판단은 정말로 옳았던 것인가! 두 젊은이와 산골 처녀는 그들에게 금지된 바깥세상에 눈을 뜨게 되고, 당시의 중국에 넘치는 이데올로기를 부정하는 인간의 복잡한 본성을 깨닫게 되고, 마침내 새로운 삶을 갈망하는 산골 처녀가 도시를 향해 고향을 떠나는 것으로 소설은 막을 내린다.

소설을 내놓게 된 동기에 대한 물음에, 가는 금속

테 안경 뒤의 눈이 날카로운 다이 시지에는 뜨거운 차에 입술을 적시면서 이렇게 말한다.

"내가 체험했던 삶이기 때문에 이 이야기를 늘 가슴속에 간직하고 있었지요. 지금까지는 시나리오만 써왔어요. 하지만 이 이야기만큼은 영화로 다루고 싶지 않았지요."

자신이 재교육을 받을 때에 읽었던 책들은 금지된 것이라고 믿고 있던 상상세계의 문을 방긋이 열면서 눈을 뜨게 해주었다며 이렇게 덧붙인다.

"발자크는 우리에게 다른 세계를 보여주었지요. 작중인물들의 욕구, 욕망, '비열한 짓들'을 사실적으로 폭로하고 있었어요. 그래서 발자크가 묘사하는 사람들은 우리가 날마다 보는 이웃사람들처럼 느껴졌습니다. 그건 정말 문화적 충격이었어요. 중국문학에서는 감정에 대해서 전혀 언급하지 않고, 작중 인물들에게 전형적인 성격을 부여하고 있습니다. 하지만 발자크는 잠자리를 하지 않은 여자를 위해서도 죽을 수 있는 기사도 정신이 무엇인지도 가르쳐주었지요. 우리는 상상도 할 수 없는 것이었죠."

자전적인 이 소설이 때때로 고달픈 시절과 인물들이 겪는 고통과는 모순되게 즐겁고, 평온하고, 행복한 느낌을 주는 것이 가장 놀랍다고 말하자, 다이 시지에는 그 지적을 예상하고 있었던 듯이 이렇게 설명한다.

"물론 미래가 없는 몹시 서글프고, 힘든 시기였어요. 하지만 중국민족은 좀 다른 사람들이에요. 마오

찌둥이 주는 고통에도 불구하고, 중국은 동쪽의 어느 나라처럼 살풍경하지 않았어요. 사회 체제는 늘 가혹했는데도 사람들은 착한 아이로 남아 있을 줄 알았지요. 그들은 삶의 기쁨을 느긋하게 즐기고 있었고, 공산주의도 그것만은 결코 뿌리뽑지 못했지요."

오늘날의 중국에 대한 질문에 그는 쓸쓸함이 밴 어투로 대답한다.

"생활수준은 많이 향상되었어요. 그 산골 마을에도 가보았는데, 이제는 집집마다 텔레비전이 있더군요."

그러고는 시니컬하게 웃으면서 이렇게 덧붙인다.

"그들에게는 이제 영화를 이야기로 들려주는 나 같은 사람이 필요하지 않아요!"

그것이 그의 마음에 걸리는 것 같았다. 중국이 자

유에 눈을 뜨기는 했지만, 교양에 대해서는 거의 관심이 없는 것 같기 때문이다.

"유럽의 고전작품들이 도처에 있지만, 사람들은 텔레비전을 보느라고 책을 거의 읽지 않아요. 나는 책이 인생을 바꿀 수 있다는 것을 진지하게 생각하는 세대에 속해 있지요."

그는 마오가 사망하고, 서양문물이 중국에 마구 밀려오기 전에는 중국인들에게 독서 열풍이 일었다고 힘주어 말한다.

"우리가 뒤라스, 보르헤스를 발견할 수 있었던 80년대에는 굉장했어요. 하지만 우리는 문학을 사랑하는 마지막 세대였습니다."

이제, 중국인들은 책보다는 브라운관을 더 좋아하

며, 여전히 검열을 받고 있는 텔레비전이 방송하는 미국식 주간 연속 멜로드라마를 보는 데 시간을 낭비하고 있다면서 그는 마지막으로 이렇게 덧붙였다.

"언젠가 영화 한 편을 봤는데, 선정적인 장면들을 모조리 삭제해버려서 영화가 불과 사십오 분 만에 끝나더군요!"

2005년 3월
이원희

발자크와
바느질하는 중국 소녀

지은이 | 다이 시지에
옮긴이 | 이원희
펴낸이 | 김영정

초판 1쇄 펴낸날 2005년 4월 11일
초판 25쇄 펴낸날 2025년 4월 21일

펴낸곳 | ㈜**현대문학**
등록번호 | 제1-452호
주소 | 06532 서울시 서초구 신반포로 321 (잠원동, 미래엔)
전화 | 02-2017-0280
팩스 | 02-516-5433
홈페이지 | www.hdmh.co.kr

ⓒ 현대문학 2005

ISBN 978-89-7275-316-2 03860